우주먼지에 관한 명상

우주먼지에 관한 명상

이상원

새미

우주먼지에 관한 명상

이상원

중심 시어

먼지, 별, 지구, 우주, 광년, 대륙, 오온, 무아, 해골,
명상, 은하계, 시간, 탄생, 죽음, 참회, 생명, 배꼽

서울, 2022년, 12월

MEDITATION ON STARDUST

by Lee, SangWon

Key Poetic Words

dust, star, earth, universe, light year, continent,
five aggregates, nir-atman, skeleton, life, navel,
meditation, galaxy, time, birth, death, penance

Published in Seoul, Korea, in December, 2022

서문

'우주먼지에 관한 명상'은 나에게 묻는 물음이다

나는 누구인가?

이 시집은 우주먼지의 독백이다
이토록 광활한 우주에서 티끌 같은 삶을 살다가 가는,
연약한 존재로서 근원적인 의문을 찾아가는 길 위에서
홀로 부른 노래이다

바람에 실려 찰나에 사라지는 먼지처럼,
인생은 덧없고 남은 생애는 도저히 알 수 없다

우주먼지로 태어나 우주로 돌아가는 길,
부끄러운 고백과 푸른 눈물의 참회,
그리고 희망과 절망을 읊고 있다

차라리 침묵하라!

도저히 알 수 없는 이토록 아찔한 우주에 대하여

지금은 절필의 시간,

나는 거대한 침묵 앞에 고요하다

외로운 푸른 별,
은하수가 흐르는 작은 나의 다락방에서,

우주력, 3밀레니엄, 22년
칠석날, 자정 무렵

이상원

목차

제2부 참회의 기도 ___

제1부

고독한 순례

서시

나는 묻는다!

우주의 거대한 침묵 앞에 오직 나에게 물을 뿐,

너는 누구냐?
너는 흙에서 난 몸이니 흙으로 돌아가리라
너는 먼지이니 먼지로 돌아가리라
우주에 떠도는 한 톨의 먼지,
너는 어디서 왔다가 어디로 돌아가는가?
고정된 게 하나도 없으니 '나'라고 내세울 게 없는,
우주 속 한 알의 밀알이여, 하늘을 보라!
억겁의 기적이 키운 '너'를 보리라
별들의 눈에 비친 네 삶은 어떤 것일까?
아주 불가사의하게 차갑고 창백한,
단단한 규산염과 철과 여러 원소로 이루어진
이 고독한, 작은 공처럼 생긴 땅덩어리에서
10억 분의 1도 안 되는 짧은 시간,
찰나의 광휘로 반짝이다 사라지고 마는

가여운 티끌 하나, 지독한 허무 너머 과연 무엇인가?
그러나 인류세의 지구는 인간종이
사랑하고 지켜야 할 마지막 유산이므로
인류세 대멸종을 막기 위하여 핵전쟁에 반대하고
더 나아가 우주로 발걸음을 떼고
평화로운 지구를 만들고자 한다
은하계에는 사천만억 개의 별이 있다
네 꿈은 다른 별에서
또 다른 문명을 건설한 별 먼지를 만나는 것,
이 지구별에만 생명이 산다는 건
우주적 관점에서 보면 엄청난 공간 낭비니까
먼지의 꿈은 '나'를 만나는 일이다
머나먼 별에서 또 다른 나를 만나거나
나와 비슷한 별의 친구를 찾는 일이다
내 속에 무엇이 있어
우주가 겁의 시간이라고 해도 좋을
시간을 공들여 천지간에 나를 키웠는지
그걸 알고 싶을 뿐,

우리는 하나같이 얼마나 연약한가!
우주먼지처럼 처음 홀로 달의 뒤편으로 나아갔던
마이클 콜린스만큼 외롭고 고독하다
바람이 불면 훅 바스러져 산산이 날아가 버릴 하찮은 존재,
나는 먼지의 원소!
표준모형에서 더 이상 쪼개지지 않는 물질,
쿼크, 렙톤, 등 여러 입자로 우주는 이루어졌다
무궁한 우주의 별들이 탄생과 죽음을 되풀이하는 동안
흩뿌린 먼지로부터 나는 왔다

푸른 별 하나,
지금 너무 창백하여 외롭구나!

시간이 존재하기 전에 우리는 무엇이었을까?
무한한 시간 속에 시작한 점은 어디인가?
우주에 시작한 점이 있는지 없는지,
우리의 이성으로는 답할 수 없다
답할 수 있다고 해도 이상하고

답할 수 없다고 해도 이상하다
우리의 탐험이 끝나는 때는
시작한 점이 어디인지 알아내는 순간이므로
우리 삶의 의미는 목적지에 도달하는 순간이 아니라,
고향으로 돌아가는 일이다
우리는 모두 우주의 자식들,
그 점에서 풀과 나무와 혹등고래나 지렁이가
저 하늘에 빛나는 별들과 다르지 않다
우리는 이곳에 있을 권리가 있다
지금도 우주는 팽창하고 있다
한 점에서 거대한 빅뱅이 일어난 이래
수축하거나 팽창을 거듭하고 있다
우주는 근원적으로 어둡다
어둠의 부재, 그것은 밝음이다
밤하늘에 별들이 빛나는 것은 어둠이 있기 때문이다
우주에서 보면, 우리가 디디고 서있는
행성인 지구나 태양 따위는 아무것도 아니다
광대한 은하계를 무수하게 거느린

우주의 실체를 상상해 보면 그저 겸손해야 하리라
티끌 한 점인 나를 바라보라!

하나의 점,
어떤 한 부분도 차지한 적 없는 허공으로
부재의 존재, 그 자체로 오직 겸손해야 하리라

별의 탄생

우주가 생긴 이래
하늘이 기지개를 켜며 노래하고
억겁의 시간이 찰나보다 빠르게 지나자,
태초의 질문은 오랜 적막을 뚫고
한 줄기 빛처럼 네 영혼을 꿰뚫었다
몇 억 광년을 꿈꾸었던가?
무극에서 태극으로, 우주는 태초에 한 점이었다
우리는 한 점으로부터 왔고 대폭발로 태어났다
약 137억 년 전,
상상 못할 고온으로 빅뱅이 있었다
우주는 회전목마를 타고 노는 아이처럼,
어떤 물질도 없이 허공의 수레바퀴를 돌리며
깊이를 알 수 없는 공간에 어지럽게 흩어져 놀았을 뿐,
만물의 기원인 태극은 음과 양이 서로 당기고 밀어내다가
수소와 헬륨 원자들이 중력으로 뭉치면서
초기 우주의 별이 탄생되었다
이슬람 수피교도들이 성소피아 사원에서
북과 피리, 현악기에 맞추어 빙글빙글 돌며

무아지경에 빠져 사마댄스를 추듯이
별들은 황홀경에 넋을 잃고 영적인 춤을 추었다

별의 탄생과 진화!
우주의 대장간은 쉴 새 없이 바쁘다
시간의 모루 위에 놓인 크고 작은 무수한 별의 씨앗들,
무중력의 풀무질로 발갛게 몸이 달아
거대한 망치의 세례를 받고 드디어 은하 밖으로 나간다
태초의 우주에 먼지가 존재하니 성간물질들이 모여
밀도가 커져 성운이 되고
중력이 수축하여 원시별이 태어났다
이윽고 핵융합으로 수소를 소모하여
스스로 발광하는 별들이 긴 띠를 이루다가
다시 무겁고 밝은 별이 한동안 유폐된 은둔자처럼
홀로 독배를 마시고 끓어오르는 영혼의 불기둥을 누르고
잠잠한 내부에서 핵융합을 하자마자,
광도가 엄청나게 높은 새로운 별이 폭발을 일으켰다
마지막으로 탄소로 이루어진 붉은 큰 별이 밝았다가

까만 창공에 점점 하얀 작은 별이 되어
하늘 끝으로 희미하게 사라져버렸다

별의 탄생과 죽음에 먼지가,
우리가 처음 온 이곳에도 먼지가,
우리가 마지막으로 사라지는 저곳에도 먼지가,
잠시 일어서고, 마침내 꼬꾸라져 사라지는,
아! 우주는 먼지의 운동에너지다
처음에는 먼지 한 톨로 시작하여 유랑의 족속으로
광활한 우주의 황야에서 일어나 점점 세력을 넓히고
부족을 더하여 영토를 키우고 거대한 제국을 완성하니,
시초는 미미했으나 끝내는 창대하였다
주위에 더 많은 식읍을 경략하고 식민지를 차지하여
노예를 부려 거대한 성과 왕궁과 거석기념물을 세우고
영원한 우주의 제국이라 국호를 정하여
위대한 '팍스 스텔라'의 높은 깃발을 세웠다
마침내 이 우주공간에서 먼지가 못할 짓이 없다는 걸
만방에 적나라하게 보여주었다

눈에는 눈! 이따위로 되갚는 보복이야말로
온 우주가 비웃을 얼마나 어리석은 논리인가!
'눈에는 눈'을 고집한다면 모든 세상의 눈이 멀게 되리라!
천 광년이나 떨어진 별, 케이 팩스에서 온 사나이,
프롯은 정신병자인가, 아니면 외계인인가?
저토록 푸른 지구의 빛이 너무 강해
선글라스를 벗을 수 없다고 넌 고백하였지

"난 외계인이야, 모두 미쳤다고 생각해!
그런데 말이야, 실은 모두가 날 좋아하지"

아캄 수용소는 엄숙한 땅 위의 엄중한 집,
고담 시는 정신 나간 기이한 범죄자들이 몰리는 곳,
여기서 일하려면 미치지 않아도 되지만
차라리 미쳤다면 그게 더 편하리라!

일찍이 누가 말했지,

"정신착란에 걸린 사람을 찾기 위해
구태여 정신병원에까지 들를 필요는 없어!
지구 자체가 우주의 정신병원이니까"

태초에 기적처럼 별이 빛났다
우주 속에서 찬란한 빛줄기가 뻗어
어둠을 몰아내고 지상을 밝히는 별이 탄생하였다
'별 먼지'에게 영성이 있었으니
우주는 신비롭게도 무한한 영적 관계를 맺고 있다
존재한다는 것은 관계하는 것,
하나의 별은 다른 별을 향하여 스스로 빛난다
서로 눈동자를 맞추고 반짝거리며
모든 우주의 존재는 관계하므로 그곳에 있다
저 하늘의 별처럼 세상에서 어둠을 뚫고 빛나며
인간이 마땅히 가야할 길을 밝게 비추었다
우주의 영성은 신비롭다
그 표현이 다를 뿐, 궁극의 가르침은 하나,
몸과 마음을 다하여 오직 사람을 향하여

사랑을 실천한 우주의 위대한 별,
그 탄생이 비록 달랐지만 일관된 별의 여정은
이 행성에서 사람의 길이 어떠해야 하는지,
우주의 영성은 참된 가난에서 나오고
'작음'과 '단순함'으로 무장되어 세속을 벗어났다
자연과 사람은 우주의 큰 사랑 안에 한 형제들,
외로운 창백한 별, 이 땅을 다녀간 존재들의 빛나는 응답이다
모두 지상에서 먼지로부터 나와 먼지로 돌아갔지만,
사랑과 평화로 같은 한 길을 걸으며
지상의 별이 되어 어둠을 몰아내는 간절한 기도가 되었다
먼지의 아들로 태어나 우주를 껴안고,
온 몸을 다한 실천으로
오직 사람을 향하여 침묵을 드러냈다
거룩한 별의 생애 동안,

별의 마법에 걸리지 마라
비록 우주먼지로 우연히 이 땅에 왔지만
정신의 최고 가치, 저 궁극의 깨달음에 도달하기 전,

잦은 어리석음으로 갈팡질팡하였으니,
연약하고도 불안한 존재로
나를 떠미는 저것은 무엇인가?
뿌리가 하늘로 향하여 거꾸로 처박힌
신의 분노로 악을 상징하는 저주의 징표,
한 별에 우연히 바오밥 나무가 줄지어 서있고
그 아래 넝쿨이 우거진 오래된 우물이 있다
부모가 나를 낳기 아주 오래 전,
우주의 깊은 우물 위에 걸친 인과의 넝쿨에
이를 악물고 매달린 나에게 허공이 물었다
너는 누구냐?
너는 무엇이냐?
바른 대답을 하라!
하지 못하면 저 넝쿨을 칼로 베리라
어서 말하라!

나는 홀로 중얼거렸다
'내가 스스로 말하면 입에 물고 있는,

넝쿨을 놓쳐 억겁의 허공에 떨어져 죽을 것이요,
아니면 저 허공이 시간의 칼로 넝쿨을 베리라'

시간은 촉박하다, 찰나만큼이나!
지금 즉시, 답하라!

유령이 앙칼지게 외쳤다
"네 죽음을 향하여 칼날을 휘두를 것이다"
고독한 별이 한숨짓는 사이, 칼날이 날아든다!
넝쿨을 악물고 있는 이빨을 놓을 것인가?
칼날을 달게 받을 것인가?
인생의 딜레마는 날마다 앞에 가로놓인, 수수께끼다
생사의 갈림길에 늘 놓여있는,
나는 도대체 누구인가?

족보

우주는 한 뿌리,
거대한 나무로 같은 뿌리에서 나온
시조로부터 자손까지, 너희 혈족은 해가 갈수록
잎과 가지가 무성해지고 열매가 주렁주렁 열리리라
우주의 족보는 별의 계통과 혈통관계를
무한한 시간의 궁창에 펼쳐놓은 찬란한 도감,
태초에 천지가 나타나니,
땅이 혼돈하고 공허하며 하늘에는 별이 운행하니라
땅의 흙으로 사람을 지으시고,
생기를 그 코에 불어넣으시니 사람이 생령이 되니라
사람이 곧 우주 간에 한 먼지요, 먼지가 곧 우주니라
네가 흙으로 돌아갈 때까지
얼굴에 땀을 흘려야 먹으리니
네가 그것에서 취하여 은혜를 입었음이라
너는 흙이니 흙으로 돌아가리라

"하늘은 나의 보좌요, 땅은 나의 발판,
너희가 나에게 무슨 집을 지어 바치겠다는 말이냐?

내가 머물러 쉴 곳을 어디에다 마련하겠다는 말이냐?
모두 내가 이 손으로 지은 것이 아니냐?
다 나의 것이 아니냐?"

별의 물음은 투명하다
원시 우주의 첫 물음에 나는 황홀하다
언제 어디에서 출발하였을까?
미세한 몸짓으로 나는 한 낱 먼지로
우주의 깊숙한 자궁으로부터 나와
이 지구라는 행성에 우연히 착륙하였구나!
마침내 흙에서 흙으로, 먼지에서 먼지로,
잠시 이곳에서 노닐다가 그리운 고향으로 돌아가리니
별 먼지에서 태어나 별 먼지로 돌아가리니,
나의 몸을 구성하는 원소는
별의 탄생과 죽음을 통해 만들어진 것들!
결국 나는 별에서 왔고 별에서 탄생된 빛나는 기적이므로,
언젠가 죽으면 무엇이 되어 어디로 갈까?
다시 새로운 별의 원료가 되어

우주 공간에서 재탄생하는,
나는 별의 자식인 동시에 별의 조상,
어버이별의 몸을 받아 태어난 별의 아이다

해마다 지구로 오는 만 톤이 넘는 우주먼지들,
나는 우주먼지를 먹고 살다가 바람 속의 티끌처럼 사라진다
별을 노래하며 평생을 바친
어느 시인의 묘비명에 새겨진 한 마디가 그립다

"나는 별들을 무척 사랑하였다
사랑하였으므로 이제 별이 되고 싶다
별이 되고 나서, 이제 밤을 두려워하지 않는다
두려워할 게 없으므로 나는 자유롭다"

우주를 향한 최초의 꿈!
날아오르기 위하여 모험을 감행한,
이카로스는
다이달로스의 아들로 크레타 섬을 탈출할 때,

푸른 하늘을 높이 날다가 떨어져 죽었다
그때 미궁에 감금된 아버지가 말했다

"너무 높이 날지 마라,
하늘 높이 날면 태양의 열로 밀랍이 녹으리라
또 너무 낮게 날면 바다의 물기로 날개가 무거워지니
하늘과 바다 사이로 날아라!"

이 말을 어기고 더 높이 날아오르는 바람에
태양의 열기로 날개를 붙인 밀랍이 녹아내리며
결국 이카로스는 추락사하고 말았다
신화의 시대가 지나고
인류가 최초로 달에 착륙한 순간,
아폴로 11호에는 라이트 형제의 비행기,
플라이어호의 천과 나무 조각이 실려 있었다
지금도 우주로 향하여 날아가는 우리의 꿈,
'악마의 도구'를 두려워하지 않고
오로지 상상력을 돌파한 천재들의 실패가 있어,

이카로스처럼 날개가 녹아 추락하지 않고
먼 우주를 향해 날아가는 꿈을 꿀 수 있다
우리는 별의 후예들,
망망한 은하계, 분출하는 더운 입김들,
그 허공에다 종족의 씨를 뿌리고 살아남았으니
우리가 누리는 기적 같은 이 태양계를 보라!
태양계의 깊고 어두운 회랑을 지나면
우리은하의 왕국은 거대한 영화관이 된다
간혹 일식의 궁전에서 뉴턴의 사과를 바라보다가
월식의 별궁에서 잉태의 꿈을 꾸기도 한다
우주의 깜깜한 상영관에는 주로 무성영화가 개봉되지만
화질이 좋지 않아 화면에 점이 보일 때가 많다
마치 검은 점이 죽은 별의 잔해처럼
우주의 휘어진 화면에 옥에 티를 방불하게 하지만
필름이 서서히 돌며 영화가 상영되기 전,
아주 짧은 광고가 순간에 노출된다
티끌 같은 희망을 소비하라는 먼지의 메시지인가?
우주먼지가 잔뜩 낀 얼굴을 씻어내고

주근깨를 감추는 은하수 밀키 크림을 선전하며
우주는 나름대로 오늘도 열심인가 보다
실로 인생은 아주 괴로운 드라마 같고
찰나의 광고는 휘황찬란한 욕망을 부추길 뿐,
이 드넓은 우주에 욕망이란 것은 얼마나 하찮은지
한 편의 영화를 보고나서 누가 스포일러인가?
그대 인생을 엿보려고 하지 마라
그냥 흘러가는 대로 내버려두라!
우주선을 타고 누가 꿈을 노래하는가?
누가 별들의 침실을 엿보는가?
이 땅에 인질로 붙잡힌 지독한 관음증 환자들!
먼지의 붓으로 써내려간
시인의 꿈은 지금 어디서 헤매고 있을까?
별은 순간마다 불타올라 사라지고
카타르시스를 느끼며 어둠속으로 증발하지만,
암흑물질이 찌그러진 시간의 의자에 앉아
영겁을 찰나로 압축하고 나자,
우주는 늘 그랬듯이 소등을 하고

흑백필름을 돌리며 무성영화를 상영하리라
한때 투명하게 언 빙하기를 지나고
다시 거대공룡이 멸망한 석탄기를 지나
지금은 컴퓨토피아, 메타버스의 시대,
인공지능, 로봇과 빅데이터가 이끄는 초기술의 시대,
오직 인간이 모든 걸 정의하는 시대,
하지만 인간은 어디에도 보이지 않고
자비와 사랑은 주문처럼 시간을 여는 열쇠일 뿐,
깊은 잠에서 깨어나 어느 박물관 구석,
푸른 녹 잔뜩 슨 유물함에 갇힌 채
알 수 없는 꿈으로 남아 처량하구나!
그러나 경이롭다고 말해야 하리라

우리의 구심력은 먼지를 향하지만,
우리의 원심력은 우주를 향하여 열려있다
우리의 중심에는 무중력의 자장이 흐르므로
심연의 빈 터는 태풍의 눈처럼 고요하다
외계우주는 거대하여 인간의 언어로 말할 수 없으므로

미지의 불가론에다 밀쳐두기로 하겠다
상상력이 없다면 우리는 아무 데도 갈 수 없다
어찌 우리의 좁은 시야와 상상력으로
우주의 한 페이지라도 제대로 독해할 수 있을지,
나의 아버지와 할아버지와 그 조상들이 다녀가신
찰나의 행적이 쌓이고 쌓여 이 땅을 이루었다

이 가련한 몸뚱이여,
이 땅의 정기와 원소를 받아
다시 나왔으니 그 족보는 위대하도다
기억나지 않는 원시의 고생대 인류들,
인류학 교과서에 나오는 생소한 용어들,
그 경이로운 발자취와 족보를 생각해보라
너와 내가 모두 한 혈통의 족속으로
저 우주 끝까지 촘촘하게 연결되어 있음을,
기억하고 또 기억하라!
무엇보다 우리는 먼지의 조상으로부터 이어진 후손들,
먼지의 형질을 물려받은 한 형제들,

널리 사람들을 이롭게 하고자,
밤낮으로 달과 태양을 맞이하며 하루를 순행하고
밤이면 머리 위로 쏟아지는 별의 향연을 바라보며
저 먼 하늘 끝에도 우리 형제들이 살고 있는
기적 같은 경이로움에 사로잡히지 않은가!

우리는 먼지의 형제들!
나의 죽음으로 먼지가 되면 나의 형제를 덮으리라
내 형제의 죽음으로 먼지가 되면 나를 덮어주리라
먼지가 외로울 때 누가 위로해주는가?
먼지가 울음을 터뜨릴 때 누가 달래주는가?
먼지가 오직 먼지를 위하여 마음을 쓰리라
우리는 모두 지옥의 문 앞에 서있다
살아있는 동안 주인처럼 산 적이 있느냐?
몸은 낡아가는 수레일 뿐,
어리석은 마부는 자주 마음의 고삐를 놓쳤다
생각은 헐떡이는 말과 같고
감각은 허공에 내뿜는 말의 입김,

내뱉는 고통스러운 소리는 온통 울음이었다
우리의 심장은 먼지로 만든 작은 풍선,
언제든지 터지는 순간을 예비하고 있지 않느냐?
다시 흙으로 돌아가는 순간을 위하여
오늘도 말을 탄 마부는 바짝 고삐를 쥔 채
말의 엉덩이를 채찍으로 마구 치며 달린다
그러나 말이 영락없이 도착하는 그곳은 지옥의 문,
이곳에서 저곳으로 시공간을 초월한 순간이동,
먼지가 돌고 돌아 우주에 떠도는 길손이 되리니
누가 광활한 여인숙에서 술에 취해 노래 부르는가!

옴, 샨티, 샨티, 샨티, 평화를 염원하라!
부디 몸과 마음이 속삭이는 것에 귀 기울이고
네 영혼이 참으로 원하는 것이 무엇이든지 몰입하라
삶은 살아낼수록 감히 알 수 없고
죽음은 더욱 살아서는 도저히 알 수 없으므로
우주에 떠도는 먼지의 노래를 따라 부를 뿐!
죽음이 너에게 미소 짓고 다가오면 미소로 답하라

세계는 언어의 명제로 나타낼 수 있다
비트케슈타인이 다시 살아온다면 무슨 말을 해줄까?

"사람은 누구나 절대적으로 죽는다"
누가 이 물음 앞에 논리를 내세울 수 있는가?
이미 자명하므로 '죽음'은 우주먼지에게 '참'이다
여기에는 일체 거짓이라곤 찾아볼 수 없다

모든 먼지는 죽는다!
죽어서 영원히 회귀한다!
그러므로 족보는 계속되리라!

해골의 길

태초에 왕국이 창조되자,
땅이 입을 벌려 네 손에서 형제의 피를 먹고
네가 땅을 더럽혔으므로 저주를 받으리니
밭을 갈아도 땅이 다시는 그 효력을 주지 아니할 것이요
땅을 피하며 떠도는 자가 되리라
카르마는 중생이 지나온 길의 흔적,
삶의 길은 미로에 얽힌 채 허물투성이지만
버그가 있는 건 게임이 아니라
이 땅을 거칠게 살아온 네 양심일 뿐,
미로를 빠져나온 자라도 잘 기억할 수 없는
과보는 윤회하는 중생의 숙명이다
혹시 다시 미로에 드는 순간이 오더라도,
아주 잠깐 혼란에 빠지겠지만
생각을 집중하면 더 쉽게 그곳에서 빠져나오리라
먼지가 지나온 길은 뚜렷한 흔적이 남아
오직 죽음이 알아볼 수 있기에 결코 두려워하지 마라!
기억은 희미해져 망각의 강물로 흘러가지만,
오래된 습기는 그대로 대를 이어 허물을 지었다

계율이 아무리 엄하더라도
과보는 수미산을 덮었다

이제 내가 모두 얘기해 주지,
잘 들어봐, 기껏해야 이 행성은 문제투성이야!
팍스 로마나, 팍스 몽골리카,
피바람 불던 야만의 정복시대를 지나
중세 이후, 교황이 다스리던 대성당의 시대와
이성을 잃은 지옥의 전장을 겪었지
과거를 잊은 자는 역사를 반복한다고,
또다시 세계대전이 일어나고
유대인 집단거주지역,
게토에서 숨죽인 채 불안한 눈초리로
유령처럼 숨어살다가 '다윗의 별'을 가슴에 달고
짐짝처럼 야간열차로 강제 이송되어
육백만 명이 인종 청소의 희생양이 되었지
아우슈비츠와 부헨발트 수용소, 다하우 강제수용소,
'노동이 그대를 자유롭게 하리라'

잿빛이 무겁게 내려앉은 정문의 표어를 보며,
인권은 무참히 쪼그라져 하수구에 처박힌 생쥐보다 못한 채
발악하며 벽을 긁어댄 손톱은 피투성이가 되었지
노동을 하면 자유롭게 되는 게 아니라,
한 미치광이가 선동한 정치적 이데올로기로,
'나의 투쟁' 따위의 미친개가 짖는 허울뿐인 명분으로
유대인들은 발가벗긴 채 가스실에서 고통스럽게 죽고
시신들은 무더기로 소각되었다
세계 곳곳에서 제노사이드가 횡행하자,
죽음은 결코 존엄하지 않았다
인간의 존엄과 가치는 쓰레기 통속에 처박히고
전쟁난민과 기후난민, 보트피플은 냉담하게 외면당하여
주검이 산을 이루어 고랑이나 물속에 잠겼다
종족, 이념, 종교로 대량살육을 감행한 핏발선 눈,
증오와 광기 가득한 우울한 시대 너머,
사람의 사람다운 지향점은 보이지 않는다
홀로코스트의 악명으로 치를 떨던
나치스가 저지른 뼈저린 짐승의 시간을 지나고

독소전쟁, 난징학살, 보스니아 내전, 르완다 종족분쟁,
캄보디아 킬링필드, 코소보 인종청소, 중동전쟁,
남미 가이아나 신흥종교인 존스의 인민사원 집단자살,
최근에 벌어진 우크라이나 침공으로
'죽음의 신'은 죽지 않고 유령처럼 떠돌고
지구촌에 떠도는 기괴한 소문들,
우리는 타나토스의 후손인가?
다시 또 어디서, 얼마나 더 우리들은
세계사에다 악마의 편집을 해야 할까?
참을 수 없는 시간,
주먹을 불끈 쥔 채 두 눈 뻔히 뜨고,
강제노동과 성노예, 대량학살과 파괴와 살육,
매음굴, 빈민굴, 마약굴, 인간사냥, 인신매매,
이토록 진저리치는 광경을 언제까지 목도해야하는지,

먼지의 입으로 삼키고,
먼지의 항문으로 내뱉는다
아무 이유 없이 여기저기서

고의로, 미필적 고의로, 피도 눈물도 없이

존비속 살해, 배우자 살해, 형제 살해, 묻지마 살해,

오해와 질환, 불화와 학대, 분노와 폭력, 복수 때문에

막무가내로 노출된 패륜의 지옥인가!

이 땅은 스스로 목숨을 끊는 형장,

주체의 자발적 죽음에서 도대체 무엇을 찾는가?

실존에 관한 문제를 해결하고자 하는,

인간이므로 도저히 견딜 수 없는 저것은 무엇인가?

그야말로 '극단적 선택'이 가득하다

이기적 유전자가 개체를 도태시키기 위하여

폭력, 차별, 방관, 질병으로, 별별 이유로,

아노미로 자살은 심리부검을 한다

추구하는 자는 오늘도 끊임없이

죽음의 행렬에 서서 오직 자살할 권리를 누린다

먼지에게 유일한 권리는 자살할 권리이므로

이 순간 먼지에게 부여된 자유의지는 가장 완벽하다

존엄사와 안락사는 최음제처럼 유혹적이지만

단 한번 누림으로써 끝장나고

네가 죽으면 우주가 꺼지고
네 한 호흡에 우주가 깨어나고
네 숨길이 끊어지면 우주가 사라진다

우주에서 가장 큰 물음은 죽음이다
죽음은 도대체 어디에 있는가?
죽음은 연기처럼 잠시 피어올라 불현듯 사라지듯,
언제나 우리 생의 희미한 한가운데 있다
왜 죽고 죽이고, 죽어야만 하는가?
우리는 입 가득 비린 희망을 한 움큼 물기 위하여
죽음의 제단에 엎드린다, 기회는 기다리는 자에게 있다
모두 이 땅의 자녀이므로 절망이 확인되는 날,
허무가 민들레 홀씨처럼 허공에 나부낄 것이다
이 땅은 거대한 먼지의 무덤!
악을 덮고 그 위에 쌓아올리는 악의 제단,
아! 먼지의 아수라여!
저토록 큰 입을 가진 먼지라니!
황야에 해골이 나뒹굴고 퀭한 두 눈두덩이 속으로

마른 모래먼지가 바람소리를 내며 빨려 들어간다
저무는 황혼, 붉게 타오르는 태양 아래
기괴한 울음이 지상에 가득할 때
허공에서 수많은 별이 쏟아지기 시작한다
질식하여 허연 눈자위를 드러낸 별 떼들!
울음을 덮기 위하여 몰래 흐느끼며 마구 쏟아진다
하얀 두개골이 불타고 한 줌 재가 되고난 뒤
먼지는 아귀처럼 식은 뼛가루를 게걸스럽게 먹어치운다

최후의 해골이여!
생전에 네가 뿌린 생각과 말과 행동으로
탐욕과 성냄과 어리석음은 차곡차곡 쌓여 널 말한다
마지막으로 세상을 떠나는 날, 명성은 시궁창에 나뒹군다
마땅히 사람이라면 누구나 제가 가야할 길을 알지만,
오직 비린 제 흔적을 지우느라 바쁘다
제 몫의 의무조차 깡그리 망각하고 아주 뻔뻔하다

누가 이 세상을 '고해'라고 했는가?

형제들이 마구 구겨진 삶을 포기하고 싶을 때
나는 어디에서 무엇을 하고 있었던가?
하루에도 수많은 언론의 앵커들이 닻을 내린 곳은
고통의 중심이 아니라 얕고 가벼운 여울이다
고통의 심연을 외면하고 닻을 던졌기 때문이다
언론이 귀를 닫고 이들의 아픔을 외면했기 때문에
세상은 아직도 부패한 권력과 금권에 놀아나는
천박한 놀이가 곳곳에서 재현되고 있다
음모론, 여론조작, 황색언론, 가짜뉴스가 횡행하고
빅브라더의 음침한 감시망으로 시민을 통제한다
그루밍, 세뇌공작, 선동과 선전, 집단최면과
몰염치, 부패, 부정과 불평등, 혹세무민, 갑질로
추악한 아귀다툼으로 날을 보내기 일쑤다
며칠 굶긴 개들처럼 힘없는 자를 쫓아
더러운 이빨로 피가 흥건한 살점을 물어뜯었다
지금 종교는 지상의 문제를 외면한 채 하늘로 떠났다
눈 맞아 야반도주한 철없는 연인들처럼
급속하게 세속화되고 또 상투적인 통성으로

휘황찬란한 의례만 남긴 채 기도의 응답은 냉담하다

제 눈썹을 스스로 볼 수 없는 세상,
힘의 논리에 밀려난 형제들,
지치고 포기하고 싶은 삶의 수면에서
제 무게를 견디지 못해 가쁜 숨을 몰아쉬다가
물속에 가라앉지 않으려고 꼬르륵거리며 발버둥쳤다
살기 위해 안간힘으로 버둥대며 도와 달라 외칠 때,
나는 오직 나의 삶에만 열중하여
나의 것을 덜어 함께 나누지 못하고
냉담하게 그 외침을 외면하였다
구명 밧줄과 튜브도 던져주지 못하고
구명조끼를 채워준 적 없으므로 나는 얼마나 비겁한가!
고통스러운 숨길로 형제들이 점점 가라앉을 때
절망으로 넘실대는 바다를 외면하였다
닻줄이 끊기고 기관고장으로 배가 표류할 때,
망망한 바다에서 방향타가 부러져 파도에 밀릴 때,
유압장치가 새거나 배가 찢어졌을 때,

나는 다급한 구조의 소리를 듣지 못하였다
메이데이, 메이데이, 메이데이!
무수한 에스오에스, 구조 요청을 타전하였지만
무자비하고 무정한 고통의 바다에 휩쓸려 들어가
그들은 결국 수장되고 말았다
적절한 때, 나는 행동하지 않았고
더욱 참회해야 할 일은
냉담하거나 외면하고, 침묵한 것이다
생애에 내가 짊어진 부채의식은 무엇으로도 환산할 수 없다
지금의 나를 이룬 모든 것은 내 형제들의 것이므로
나는 참으로 더욱 가난해야 한다
제 몫을 돌려주고 마땅히 나누어야 한다
부끄럽고 부끄럽다
죽기 전에 고백하고 행동해야 한다
늦었지만, 참회록을 진심으로 써내려가야 한다
이제 시간이 얼마 남지 않았으므로
온전히 나의 몫을 실천하고 끝내야 한다

비탄에 잠긴 고통스러운 바다,
만약 그들의 거친 피부에 은빛 비늘이 솟아오르고
삶의 무게로 휘어진 등에 지느러미가 돋거나
메마른 가슴에 싱싱한 부레나 갈라터진 입가에
선홍빛 아가미만 있더라도 죽음은 결코 면하였으리라
오늘도 여전히 세상의 바다는 비참하다
슬픈 열대, 아프리카와 건조한 열사의 사막,
지구의 마지막 허파, 아마존의 밀림, 극지의 툰드라,
이름 없는 섬들, 아시아와 남미의 빈민굴 곳곳에서
저주와 한탄의 울음이 고통스러운 바다에 넘친다
하루 1달러 이하로 삶을 영위하는 극빈자,
세계 부의 절반 이상을 축적한 1%의 슈퍼부자,
99% 빈자의 몫을 약탈하고도 아무렇지도 않게 여기며
불평등을 심화하는 모순을 목도한다
고장난 저울에 패자부활전 없는 승자독식 사회,
급속도로 '99대 1'이라는 극단으로 진입하였다
갈등과 질시와 반목으로 투쟁은 가속화되고
지구촌 곳곳은 피를 찍어 써내려간 플래카드가 나부끼며

총성이 울리고 테러와 폭탄으로 아수라장이 된다
다수의 방관과 침묵으로, 또 다른 한편에는
오늘도 마약과 가스로, 총으로, 목을 매달거나
칼로 자해하여 목숨을 버린다
생애의 끝자락에서 홀로 죽음을 결단한 순간,
아찔한 아래를 내려다보며 멈칫거리다가
고층빌딩과 철탑이나 교각 위에서 뛰어내리고,
땅과 물에다 비탄과 절규로 마지막 유서를 쓴다
몸을 던져 산산이 부서진 채
중력의 가속도에 죽음의 에너지를 폭발시킨다
지옥의 묵시록은 끝없이 이어지고
이유도 모른 채 어느 낯선 곳으로 끌려가
고문당하거나 억압받다가 법에 의한 처형이 아닌
적대적 린치로 무참하게 죽어간다

지금도 보라!
고해의 수면 아래 하염없이
나의 형제들이 날마다 사라지고 있다

불쌍한 형제들이여!
물속을 맘껏 헤엄치는 물고기처럼
저들이 싱싱한 아가미를 얻는다면,
저들이 온몸에 은빛 비늘이 돋아난다면,
저들이 등허리에 매끈한 지느러미가 솟아난다면,
저들의 흉곽에 물고기의 부레가 생겨난다면,
우주의 창조주께서 긍휼히 여기어
다음 생애는 부디 기적을 행하시고
그들이 고통의 바다에서 가라앉지 않도록
노예의 사슬을 끊고 태어나길,

지금 밤바다는 고요하고,
나는 느낀다
머리에서 발끝까지 유선형의 지느러미가 돋아나는 걸,
가슴께 도드라지는 부레와 입가에 발갛게 돋아나는
아가미를 느끼며 물고기가 되어 수면 아래로 잠수한다
밤바다는 수많은 별을 비추며 고요를 깨고
내 형제가 수장된 물길을 거슬러 나는 항해한다

고통의 바다는 끝없이 펼쳐져 있고
죽는 날까지 항해를 계속해야하므로,
나는 바다의 전사가 되리라

부활

오라! 누구든지 죄 많은 자여!
고개 숙이고 하늘을 우러러보지 않는 자여!
살육과 음행, 도적질과 거짓말로 괴로워하는 자여,
우상을 믿는 이방인이여!
멸망의 문 앞에 선 자여, 누구든지 오라!
여기 와서 쉬어라!
우주는 최고의 종교
종교는 네 영성을 키우는 한 끼의 메뉴,
이 행성에 머무는 동안 매일 굶지 말고 스스로 챙겨라
지상에서 사람의 길을 가다가
혹시라도 죽음의 사막을 만나거든
네가 사막이 되어 사막을 경전 삼아 이를 찬송하라
사막은 먼지의 고향, 영원한 천국이라
네가 살아있는 동안, 찬란한 양심의 황금궁전을 정화하라!
먼저 네 참회록을 그대로 정직하게 써내려가라!
겨우 붙은 네 숨길, 마지막 호흡을 가쁘게 쉬며
지금 곳곳에서 무너지는 세계를 위하여
죽음을 먼저 경건하게 맞이하여야 하리라

하늘의 제단에 아직까지 아무도 선언하지 않은
말씀과 진리와 생명의 기도를 바치니,
죽지 않으면 부활도 없으리라!
빈 무덤은 하늘이 베푼, 사랑이 죽음을 이긴 증거니라
너무나도 고요한 부활의 아침,
아무도 모르게 꺼져가는 생명을 다시 살린 기적은
참으로 먼지보다 못한 우리의 삶에다
새로운 숨길을 불어넣은 우주의 기적이다
생명의 원천인 먼지여!
죽음의 마왕인 먼지여!
먼지로 태어나서 먼지로 돌아가는,
순례의 여정은 온통 맨발이다
발이 부르트고 발가락이 찢어져
붉은 피가 대지에 흘러넘칠 지라도
깨진 무릎으로 수없이 넘어져도 다시 일어섰다

주여, 나를 버리시나이까?
피투성이가 된 채 십자가에 높이 매달려

아버지의 이름을 외칠 때,
그날처럼 또다시 어둑한 하늘에는 먹구름이 일고
천둥과 번개가 세상을 아프게 쥐어뜯었다
십자가 위에서, 기도한 그날

"아버지시여, 저들을 용서하소서!
저들은 저희가 하는 짓을 모릅니다"

네가 누군 줄 아느냐?
너는 먼지의 거룩한 자손이라!
네가 바로 아버지의 사랑하는 아들이므로
이미 네 안에 갖춘 영성으로 너는 부활하였다
네가 말씀이고 생명이고 진리다
이제 어느 초인이 있어 남은 시간 부활을 기다리는가!
누가 희망 없는 절망을, '고도'를 기다리는가!

기억하라!
절망할 때마다 기억하라!

진리와 사랑의 방법으로 끝내 이기리라
기적처럼 만난 너와 내가 이 외로운 땅에서
아프게 견딘 빛의 나날들,
노을을 뒤로 하고 광야에서 마지막 노래를 부르리라
너와 내가, 우리 모두가 다함께
언젠가 흙덩이가 깨어져 울음 우는 긴긴 날,
먼지의 몸으로 다가와 따뜻하게 두 손 맞잡고
서로 안고 뒹굴며 다시 흙으로 돌아가리니,

먼지를 찬탄하라!
재는 재로, 흙은 흙으로
다시 적막한 암흑의 세계로 흘러가는구나!
지구에서 먼 은하일수록 멀어지는 속도가 빠르지만
우주 공간의 암흑 에너지는 팽창과 수축을 결정할 것이다
네 정신의 암흑 에너지가 널 지배하는 것처럼
너 또한 팽창하거나 수축하리라!
너는 지금보다 더욱 단순하여야 하리라!
보라! 우주는 얼마나 단순한가!

밀도가 그대로 유지되면 우주는 가속 팽창하고
밀도가 작아지면 우주는 수축하여
마침내 하나의 점으로 찌그러질 것이다
외톨이 행성의 고향은 늘 그곳에 있고
티끌이 들이마시고 내쉬는 한 호흡 사이,
이 땅에 머무는 찰나, 온갖 기적의 꽃을 피우리라!
무한한 우주 속에 한 톨의 먼지,
한 톨의 먼지 속에 무한한 우주,
서로 깃들어 있음으로 둘이 아니다
고정 불변하는 실체가 없이 하나로 연결되어 있다

이것이 있으므로 저것이 있고
저것이 있으므로 이것이 있다
그러므로 나와 네가 다름이 없다
우리는 무한한 저 인드라의 그물에
구슬들이 서로서로 비추어 끝이 없는 것처럼,
모두 연결되어 보석같이 참으로 귀한 존재이므로
제각각 서로에게 빛과 생명을 불어넣어

중중무진한 장엄한 구조 속에서 더불어 존재함을,
기억하라!

아주 오랜 날,
기억조차 가물가물한 연대기를 펼치면
거기 빛바랜 원시의 그림이 전해왔으니,
켜켜이 묵은 세월의 판화, 이 땅에 찍힌 오래된 흔적들!
탄생과 죽음은 끝없이 이어져
아직도 희미하게 그날의 모습을 보여주고 있다

스페인 북부, 만 팔천 년 전,
시간은 망각의 안대를 한 채 무심하다
누가 지상의 흔적을 다 지우고 사라졌는지
빗물은 땅 밑으로 파고들어 바위가 갈라지고
틈이 벌어져 암석이 내려앉고 동굴이 생겨났다
원시의 알타미라 동굴,
먼지 보다 수많은 사람들이 나서 죽고
무상한 시간의 풍차가 돌아가다 백오십년 전,

한 목동이 우연히 뇌우를 피해 이곳으로 피신하였다
천장이 너무 낮아 몸을 접다시피
겨우 안으로 기어들어갈 수 있는 동굴 속,
멧돼지 세 마리, 말 두 마리, 이리 한 마리,
들소 열아홉 마리가 그려져 있었다
어느 날 갑자기 천정에서 쏟아지는 들소 떼
먼지를 일으키며 들판을 질주하는 원시의 생명성,
시간의 연속성이란 한갓 티끌에 불과한가!
비바람과 먼지에 찌든 옷이 마르는 순간,
목동은 깜빡 잠들어버렸다
천정에 그린 들소들이 우르르 뛰기 시작하자,
잠깐 잠든 목동의 기억은 백골이 되어
천정 벽화에 생생하게 그림으로 남았다
한 털북숭이 원시인이 맹수와 비바람을 피하여
잠시 이곳에서 머물던 동안,
우레와 폭풍우를 피해 뛰던
들판의 짐승들이 그날 그대로 동굴 속에 봉인되고
원시의 시간이 그대로 유폐되어

동굴 속에는 들소 떼의 발자국 소리가 요란하다
소름 돋은 시간의 울음이 아직도 쟁쟁하다

먼 과거로부터 지금까지,
땅을 내려다보고 하늘을 우러러보는 하루의 일과
다름 아닌 우주 시공간의 역사를 아는 일과 같다
우주의 혀를 주목하라!
끊임없는 시간의 축, 허공의 아가리 속
우리가 상상할 수 없는 큰 혓바닥,
날름거리며 암흑물질을 빨아들이고
사실을 말하자면, 시간의 축은 녹슬고
이제 그따위 모호한 '시간'이라는 말은 사라졌어
오직 팽창하는 공간과 에너지가 있을 뿐,
우주 속에 노니는 한 점 먼지조차
깊은 시간의 침묵 속에 혀를 감추고
부르튼 입술로 되뇌는 첫마디,
먼지의 어버이는 먼지의 아이들,
오늘도 누군가의 아들딸로 태어나 부모의 길을 걷는다

먼지의 길을 지칠 줄 모르고
자욱한 길 끝에 금강석처럼 빛나는 눈길로
견고한 시간의 바위를 쪼는 노인이 있다
지혜로운 수행자,
그의 팔뚝은 곡괭이질로 단련되어 별의 심장을 겨눈다
별의 암석에는 고유한 결이 있다
순수한 결을 따라 쪼개지는 고통의 소리,
그 소리를 따라 오래된 마음에 물길이 생기고
한 선지자가 예언하였다

죽음을 찬양하라!
네가 살아있는 동안 죽음을 안고 살아야 하므로
피할 수 없는 죽음의 길,
삶과 죽음은 연결되어 일생이 된다
먼지의 시작과 종말은 한 점 먼지의 입과 항문이다
짧은 찰나에 이어진 보이지 않는 길,
새까만 밤하늘, 깊은 적막을 뚫고 궤도를 따라 흐르며
한숨짓는 별의 한 호흡,

들숨과 날숨 사이에 걸쳐진
한 먼지의 묘비명이여!

너는 먼지에서 태어나 다시 먼지로 돌아가리니
너무 억울해하거나 슬퍼하지 말라

죽음을 기억하라!
무엇보다 현재를 즐겨라!

청춘

청춘은 뜨겁다
젊은 대륙의 몸은 몸살을 앓다가
맹렬한 활화산이 되어 붉은 불구덩이를 뚫고
마침내 하늘에 솟구쳐 올랐다
용암을 분출하며 화산재를 자욱이 하늘에 뿌렸다
마그마가 흐르다 주상절리로 굳은 시간의 화석,
응결된 먼지의 덩어리들,
서로 껴안고 엉기어 산의 능선을 이루고
유황연기를 내뿜으며 펄펄 끓어올라
곳곳에 젖가슴처럼 봉긋 오름이 솟았다
웅장한 산맥들은 점점 주저앉다가
평평한 지평선을 긋고 말없이 누웠다
극지의 툰드라, 열사의 사막, 만년설의 고봉들,
시간의 자취가 멈춘 생존 한계의 오지들,
우주만큼이나 신비로운 저 미지의 세계들,
지질학의 연대기는 표지가 너덜너덜 낡은 채
지구도서관의 인적 없는 구석진 서가에 꽂혀있고
자주 열람하지 않은 듯 먼지가 자욱하다

지금은 석양에 기대어 기도를 봉헌하는 시간,
까마득히 가늠할 수 없는 세월,
긴 그림자를 끌고 태양은 산비탈을 비추다가
저쪽으로 금방 넘어가버린다
붉게 타오르는 노을의 어깨 너머,
해맑은 아이들 웃음소리 사라지고
허전한 마음으로 강가를 거닐며 홀로 중얼거리는,

아! 나의 청춘이여!
얼마 만에 불러보는 가슴 설레는 말인가?
푸른 정맥을 지나 실핏줄까지 더운 피가 흘러
이윽고 심장에 이르러 폭발하고 마는
열정의 시간들!
나의 별 하나!
창백한 널 많이 사랑하면 할수록
혹시 너무 타올라 사라져버릴까?
내가 사랑한 별, 스텔라여!
귀 기울여 봐!

솔직히 지금까지도 두려웠어!

사랑 따위가 이 깊은 우주에 과연 있기나 할까?

도대체 무슨 의미가 있을까?

알 수 없는 무궁한 우주의 시공간에서

'영원한 사랑', 이따위 말이 도대체 가능할까?

식상한 이런 말이 어떤 파장을 일으킬 수 있을까?

'사랑'이라는 말이 거느리는 그리움의 자장,

이 또한 얼마나 연약한가?

우리가 연약하듯이, 이제 말해주고 싶어!

그래서 이젠 그만해, 정말 미안해!

인생은 연습이 없잖아, 오직 실전이 있을 뿐,

사랑이야말로

입맛 까다로운 별의 식성인 줄 아니까,

우주가 팽창하며 점점 멀어져가는

우리 두 사람,

바람 앞에 일렁이는 촛불처럼

순식간에 훅 꺼지고 말 사랑의 환상이여!

투명한 비눗방울이 거품처럼 사라지듯

버블아티스트가 공중에 불 때마다 산란하는 빛인가?
네 눈가에 글썽이는 눈물 속에 우주를 품고 싶어!
나에게 남은 시간이 있거든
마지막으로 네 눈가에 영롱하게 맺힌
눈물을 닦아주고 싶어!

아! 먼지의 사랑법이여!
먼지는 사랑함으로써 오직 사랑을 배울 수 있고,
사랑이 있는 곳에 고통이 함께 하지만
아무도 사랑을 가르쳐 주지는 않잖아!
사랑이란 무엇이냐?
먼지처럼 날 때부터 지니고
먼지처럼 죽을 때 예전처럼 사라지고 말지!
천국을 엿보는 자여!
네가 사랑이다
지옥을 탐내는 자여!
네가 사랑이다
사랑의 고뇌처럼 달콤한 게 없고

사랑의 슬픔처럼 기쁜 게 없으며
사랑의 괴로움처럼 즐거운 게 없어!
사랑은 야누스처럼 악마이며 천사야,
불이며 물이며, 천국이며 지옥이야,
전쟁이자 평화이며, 모든 것이며 아무것도 아니야!
자주 사랑이란 헷갈리는 녀석에겐
쾌락과 고통, 슬픔과 후회가 함께 살고 있지,
아! 지랄 같은 사랑이여!

저 빛나는 별 떼들!
어느 날, 우주먼지가 뭉쳐 한 몸을 이루고
다른 먼지를 만나 서로 사랑하다가 사라졌다
이 행성에 홀로 우연히 와서 한때 몸을 이루었다가
마침내 허물어지는 땅과 물과 불과 바람,
그리고 다섯 가지 매혹적인 떨림과 장애,
이렇듯 너는 사대와 오온에 지나지 않았다
비록 그것이 찬란한 속임수일지라도
눈과 귀와 코와, 그리고 혀와 몸과 생각 때문에

자유를 잃고 오가도 못한 채 잠시 헛것처럼 떠돌다가,
마침내 괴로움의 포로가 되어 사라지는
먼지의 여행은 여기까지다!
관능의 포로가 되어 극치를 맛보고 나서
아! 비로소 끝이 보인다
네 몸이 우주라면 네 영혼은 도대체 무엇이냐?
네 몸의 숙주가 먼지이듯이
네 영혼의 숙주 또한 먼지이니라!
먼지는 우주의 원형질이자 초월의 힘,
도저히 상상할 수 없는 무적의 강한 군대,
그 가공할만한 힘에 대하여 겪어보지 않고서는
도저히 알 수 없는 공포의 군단,
우주의 원리는 무엇일까?
거대한 사랑, 헤아릴 수 없는 수억 광년의 그리움,
무엇보다 갈애와 질투는 우주먼지의 무기다
언제나 그 창끝은 연인의 심장을 겨누고 있다
겨울밤을 지나는 고슴도치의 가시처럼
일정한 거리는 사랑의 딜레마를 해결하는 유일한 방법일까?

우주의 사랑법은 지칠 줄 모른다
보라! 태양을 향하여 지구는 주위를 맴돌며
얼마나 지독한 추파를 던져왔는지,
얼마나 끈질긴 사랑인지!

저기 밤하늘, 찬란하여 눈부시구나!
외로운 푸른 별 하나,
먼지처럼 부연 시선 너머
너무도 외로운 푸른 눈동자,
우주먼지를 잔뜩 뒤집어쓴 먼지의 덩어리,
비록 슬프고 아름답지만
무엇보다 이 땅에서 부끄럽지 않기를,
성운은 다시 산산이 부서져 우주비가 내리고
어느 날 허공에서 떠돌다가
홀로 한 점 티끌로 돌아와서
선정에 든 선승처럼 고요히 앉았구나!

아, 먼지의 침묵이여!
지구로 쏟아지는 생명의 기원이여!

대륙에서

하늘의 제빵사는 부지런하다
아득한 성운의 제분소에 풍차가 돌아간다
먼지보다 곱게 밀을 빻아 일용할 빵을 만들기 위하여
쉴 새 없이 시간의 풍차가 돌아간다
잘 반죽된 밀가루에 효모와 소금을 넣고
한 3억 광년 쯤 잘 숙성하여 발효시킨 뒤
화덕에서 빵을 구워내듯이, 대륙이 부풀어 오르니
일용할 양식을 거둘 생명의 보금자리다
이 땅에 온갖 생명이 넘쳐났으니,
사람, 동물, 식물, 박테리아, 곰팡이, 심지어 바이러스까지
서로 유기적으로 관계를 맺고 있지 않느냐?
마치 한 가족처럼,

3억 년 전, 고생대 말부터
중생대 초까지 존재한 '판게아'여!
신화에 등장하는 대지의 여신이여!
아득한 시간을 거슬러 올라가면
지구상 모든 대륙이 하나로 이어져 있던 초대륙,

판게아가 분열하고 나서 대륙이 서서히 이동하였다
2억 년 전, 인류의 발상지 아프리카 대륙,
아직까지 미지의 존재로
고요한 침묵 속 하나로 뭉쳐져 있다가
거대한 지각변동으로 대륙판이 북쪽으로 밀렸다
이 땅에서 생명체 절반이 사라지고 나서
처음으로 인류의 조상, 포유류가 번성하고
마침내 바다 속에 잠겨있던 유럽이 솟아올랐다
신들이 머무는 눈 시린 백색의 신전인가?
만년설의 땅, 히말라야의 고봉,
에베레스트가 구름을 뚫고 솟아오르고
알프스 산맥을 등뼈 삼아 유라시아 대륙에서
비로소 문명의 싹이 돋아나기 시작하였다
또 다른 거대한 땅덩어리 신대륙 아메리카!
하나의 대륙이 분열하며 남북이 이어져
눈부신 신세계가 탄생하였다
여섯 대륙은 아주 미세한 움직임,
견딜 수 없는 먼지의 몸부림으로 탄생되었다

마치 시루떡을 포개놓은 땅덩어리처럼
여러 암석판 조각이 연약권에 떠있어
대륙이 이동하여 충돌하고 서로 나누어졌다

먼지의 혁명!
우주는 고요한 듯 한쪽은 늘 소란하다
한 혁명가의 저항이 시작된 곳,
정신을 초월한, 알 수 없는 힘이 지배하는 곳,
우주의 근본이 태동하고
세계를 여는 개벽은 고요한 사유의 숲에 있다
너와 나, 우리는 낯선 행성에 왔다!
이곳에 눈부신 꽃이 피어올랐다
한 겹, 두 겹, 세 겹, 무려 천 겹의 꽃잎을 두르고
무궁한 화원을 이루었다
세상은 한 송이 꽃!
만개한 꽃향기에 취하여 하늘에서 보기 좋았다
보잘것없는 한 행성이여!
깊은 우주에 한 톨의 밀알보다 작을지라도

이곳은 꼭 한번쯤은 다녀갈만한 복된 땅,
먼지의 후예로 이 땅을 사랑하기 시작하였다
검푸른 하늘을 올려다보며 이 땅이 얼마나 깊고 넓은지,
무엇보다 아끼고 보존해야 할 고향,
이 땅의 진실을 천천히 알기 시작하였다
경이로움과 신비로움을 간직한 대륙의 숨결,
온갖 생명을 길러내는 성스러운 고향,
먼지를 낳고, 먹이다가
먼지가 되어 돌아갈,
궁극의 낙토여!

별은 무정부주의자다
별의 대륙에 펄럭이는 만국기,
금을 그어 놓은 국경은 무슨 소용이란 말인가!
땅을 가르고, 사람을 가르고, 국가와 국기를 만들어
사람을 왜소하게 만들어 무지막지한 분별과 증오로
참혹한 전장으로 몰아넣는 이데올로기의 야만을 척결하라!
별이여, 대륙이여!

사람의 가치보다 앞선 일체의 은유와 상징을 거부한다
사람보다 앞서는 어떠한 이념도 거부한다
오직 지배자의 야욕을 정당화하는
저 이념의 깃발을 불태우고,
저 차가운 철조망을 걷어내고,
새들처럼 자유롭게 오가는 국경 없는
순수의 땅을 원하노라!

달의 인력인가?
수억 광년, 그리움의 장력으로
미모사처럼 움츠린 기억을 간직한 채
깊은 어둠속에서 길을 찾았다
아폴로 11호를 타고 달로 향하는 유인우주선,
'루나랩소디'를 흥얼거린 닐 암스트롱의 후예여!
탐험하라! 그리고 발견하라!
진정한 탐험은 새로운 풍경을 찾는 일이 아니라,
새로운 눈으로 미지의 장소를 체험하는 일이다
이때 새로운 눈은 제6의 감각이다

머나먼 우주를 여행하다 보면
우주선 연료가 부족할 수도 있다
위험이 없다면 모험도 없다
광활한 우주 공간에 절대 고독의 심연!
이토록 거대한 고독을 일찍이 만난 적 있는가?
만에 하나, 우주의 미아가 될 지도 모르지만
이미 실패 따위는 두려워하지 않으리라
행성의 중력과 공전속도를 잘 계산해 비행하면
행성의 중력에 끌려들어가다 밖으로 내던져지듯
가속도를 얻어서 날 수 있지
요요를 가지고 놀듯이, 행성궤도에 근접 통과하는
'스윙바이'는 마치 행성과 우주선이 서로 껴안고 춤추듯
우주의 플로어를 돌게 되지

아득한 고생대의 숨결인가?
미세한 몸이 떨리고, 낯선 행성은 몸서리쳤다
밤과 낮이 교대로 물거품처럼 끝없이 일어나 사라지고,
분노한 하늘은 잿빛 구름 모자를 쓰고

천둥과 번개가 치며 파도가 밀려오더니
드디어 바다가 일어섰다
땅에서는 바위와 흙이 함께 뒹굴다가
마침내 산이 불끈 주먹을 쥐고 무르팍을 세우니
웅장한 자세로 성난 황소처럼 산맥이 일어섰다
지층은 체위를 이리저리 바꾸고
검은 대륙이 갑자기 일어서며 융기하자,
바다가 소금 산이 되고, 산이 가라앉아 바다가 되고,
천지가 개벽하여 온몸을 부르르 떨며
한참 그렇게 몸살을 앓았다

이 땅에서 누가 묻거든 대답할 수 있으리라
네가 밟고 선 이 땅이 얼마나 아름다운지,
태초의 음성으로 귓가에 흘려주던
생명이 움트는 먼 기억의 소리,
어미가 널 낳기 전에 어디에 있었느냐?
흙의 형상으로 빚은 네 종족을 얼마나 사랑하였느냐?
오늘도 네 발 밑에는 부드러운 조상의 흔적이

그대로 켜켜이 쌓여 네 몸을 이루고 있음을 아느냐?
흙의 아픈 여정을, 그리고 먼지의 통곡을,
화석으로 굳어져 억만년을 깊은 땅속에 묻힌 채
비바람 치는 긴 밤을 건너 폭류에 휩쓸려
온몸이 드러나 소리죽여 울던 수많은 나날들,
어찌 망각하겠느냐?
네가 디디고 선 이 땅이 얼마나 광대한지,
소 발자국에 고인 물에 헤엄치는 장구벌레는
세상에 드넓은 바다가 있는 줄 꿈꾸지 못하리라
가시 돋은 선인장에 기생하는 깍지벌레는
그곳이 아마도 세상의 전부라 생각하리라
막막한 바다를 얘기하고 무궁한 우주를 얘기해도
거짓말이라며 믿으려 하지 않으리라
네가 잠시 머물던 이 땅이 참으로 아름다웠다고
우연히 닿은 푸르른 별이 그저 아름다웠다고
태초의 음성으로 전하라!
지나온 먼 지질학의 연대기를 펼쳐놓고
광대무변한 천체우주의 별자리를 헤어보며

얼마나 작고 연약한 존재인지
하지만 얼마나 위대한 영혼인지,
네 좌표가 기껏 한 점이란 걸
숨 쉬는 일생이 찰나라는 걸 기억하고 기억하라!
새까만 우주와 드넓게 팽창하는 은하계,
허공을 바라보는 순간,
우리가 깨닫는 미지의 시선이여!
겸손하고 겸손하라!
너무 애쓰지 말고 스스로 괴롭히지도 말고
아주 작은 존재들에게 손짓하고 더운 입김으로
속삭이듯 그 이름을 불러보라!
무엇보다 먼지로 머무는 잠깐 동안,
그대여, 행복하라!
먼지의 인력으로, 흙의 점성으로,
서로 스며들어 함께 누리던 천국의 궁전을,
그대가 행복한 우주먼지였음을,
만방에 가서 전하라!

별들의 사랑

깜깜한 밤하늘,
혜성이 길게 빛줄기를 그으며 사라진다
별이 지나는 길 따라 죽음의 항로 너머
아득한 사랑 찾아 외로운 사당패가 밤길을 가고 있다
하늘의 북을 치고 꽹과릴 치며
어둑한 천상의 길을 따라 흐르고 있다
초신성의 꼬리가 끝없이 상모를 돌리듯
충돌한 운석이 마른 밤하늘에 긴 흔적을 남기며,
한바탕 우주에서 벌이는 놀이마당을 마음껏 즐기다가
새벽이 밝아오면 뿔뿔이 흩어져 사라져버린다
돌아갈 집도 없이 낯선 곳에 머물다가
유랑의 족속으로 잠시 허공에 몸 부치고 살았지만,
그래도 얼마나 아름다웠느냐?
별들이 제 길을 따라 놀던 궤도에서,
놀이패의 어름산이가 줄을 타듯 별의 길이 휘청거리자,
궤도는 춤추듯 구부러지고 빛과 어둠이 어우러져
자욱한 우주먼지가 아지랑이처럼 일어났다
노숙자로 살아가는 별의 거처는 불안하다

언제 제 궤도를 이탈하여
수많은 별의 잔해를 한꺼번에 쏟아놓을지,
별이 탄생과 소멸을 반복하는 동안 우주는 적막뿐,
그토록 아득한 시간의 끝머리,
고요한 빛 한 줄기, 눈이 부시다!

거뭇한 서쪽 하늘가
긴 띠처럼 드러누운 은빛 강가,
까마귀와 까치가 서로 몸을 잇고 잇대어
오늘 밤은 은하수 위를 가로질러 놓은 오작교에서
견우가 직녀가 만나는 날,
창공에 초례청 차리고
칠월 칠석, 꽃등을 우주의 회랑에 걸고
별은 차가운 몸을 서로 애무하며
밤의 침실에서 은하수를 분출하고 있구나!
밤하늘에 떠있는 수많은 정자 떼!
인도 카주라호 사원에 새겨진,
미투나의 오래된 기억의 몸들처럼 체위를 바꾸느라 부산하다

우주의 부드러운 혀는 꽃잎을 핥고
별의 씨앗이 수정을 기다리며 제 몸을 한껏 연다
꿀벌이 꽃의 중심으로 숨어들어 달콤한 즙을 빨 듯
꽃잎은 비로소 꽃 몸살을 하기 시작한다
얼마나 기다린 절정인가!
몇 억 광년 전부터 어두운 하늘 가로질러
오직 순결한 신부를 기다려왔다
배꽃처럼 하얀 별들이 하롱대는 달 밝은 밤,
가야금 열두 줄 받쳐 놓은 기러기 발
탱탱하게 발기하는 현의 울음,
마침내 적막한 하늘을 뚫고 신음하기 시작하자,
별들의 교성이 찬란하다
서로 교합하여 두 몸이 엉기고
힘껏 하나가 되어 온 우주를 껴안는 순결한 첫날,
봄날의 시린 한기를 머금고
목화솜 이불로 서로 체온을 나누며
초혼을 치르는 첫날밤의 성스러운 의식,
아득한 은하계,

하얀 면사포 드리우고 은은하게 미소 띤 입가,
오직 너를 향하여 빛의 속도로 달려왔다

사랑이 달콤하지만 얼마나 무망한가!
사실 그리움이란 철지난 솜옷처럼 ,
처음 사랑의 열정으로 몸과 마음이 뜨거웠을 때
이미 차가운 계절은 지나고 천년의 그리움은 탈색하고
그저 어리석은 푸념처럼 애증은 휙 지나가버린다
금방이라도 삭아 떨어져버릴 것 같은
저 하늘에 걸어놓은 안타까운 동심결 같은 것,
은장도의 결기가 시퍼렇게 달빛에 서린 밤
오색실로 아리따운 매듭을 엮은 노리개여!
네 쪽진 머리채를 풀어헤치고
우리 이승을 지나며
사랑가를 노래하네

"이리 오너라, 업고 놀자
이리 오너라, 업고 놀자

사랑, 사랑, 사랑, 내 사랑이야
사랑이로구나, 내 사랑이야!"

네 눈동자에 저 별 빛이 닿기도 전
이미 별은 종말을 고하고 지금 네 시선에 꽂히는,
저 별은 존재하지 않으므로

아!
상사화처럼,
잎과 꽃이 엇갈린 별의 수정이여!

바다의 빙하

극지의 만년 빙하는 유폐된 채
매일 하얀 방에 틀어박혀 먼지의 일기를 쓴다
오랜 세월 빙설이 쌓이고 그 위에 쌓인 먼지를 통하여
빙하의 연대기를 차곡차곡 기록하여왔다
빙하는 퇴적의 도서관,
투명하다 못해 푸르스름한 책장을 한 장씩 넘기면
만년 빙하의 고독한 잠,
꿈보다 선명한 지질과 대기, 고생물의 기록이 보존되어 있다
수직으로 빙빙 도는 천공기로 빙하의 속살을 뚫고 내려가
표본을 채취하면 당시의 흔적을 알아낼 수 있다
빙하는 흘러내리고
저 웅장한 빙벽도 우르르 무너지며
유빙이 되어 바다에 둥둥 떠다니다가,
수면 아래 괴상한 야수처럼 몸의 대부분을 감추고
수면 위로 삐죽 창백한 얼굴 일부만 겨우 드러낸다
마침내 빙하는 녹고 퇴적된 빙하 아래 숨죽여 엎드린
검은 빛을 한 거대한 짐승이 드러났다

검은 바위와 돌과 재로 뒤덮인 땅덩어리,
수억 년 동안 엎드려 잠들었다가 방금 깨고,
하얀 곰은 유빙에 떠밀려 어찌할 줄 모르지만
물범과 바다사자, 펭귄이 쉴 곳을 바닷가에 내주었다
간혹 먼 바다에 보이는 거대한 꼬리지느러미들,
혹등고래나 황유고래, 범고래와 돌고래가 무리지어
유영하는 경이로운 장관을 연출하며
빙하기는 오랜 잠을 자고난 뒤 투명한 빛을 내지만,
사실 먼지는 빙하의 깊은 심부에 들러붙어
한 시기에 대하여 귓속말을 전하고 있다

빙하는 심연의 노래,
바다가 언 얼굴로 하얗게 질려 내뱉은 절망의 언어다
물결이 찰나에 얼어 그리움의 포로가 된
한 가련한 유배시인의 노래이기도 하다
혹은 빙하는 투명한 선방이다

악!

외마디는 선승의 할처럼
투명한 빙벽을 단번에 깨뜨린다,
우르르 무너져 내리는 은산철벽!
수천 년 동안 그대로 얼어붙어 있다가 햇살에 미소 짓는다
얼음 방석 위에서 화두를 참구하다가
칠통을 깬 활구 한마디, 찰나에 무명을 다 쓸어버린다
푸르른 빙벽이 천둥소릴 내며 무너진다
꽝꽝 언 투명한 부처!
선정에 들었던 시간이 줄줄 녹아내리고 나자,
번뇌로 꽝꽝한 얼음이 따라 녹으며 흔적 없이 사라진다
한갓 깨달음이란 것도
최후에는 아무것도 남아있지 않은 허공이다
빙하는 절대의 끌림으로 투명한 물의 분자가
서로 제 장력을 넘어서는 인력으로
부드러운 혀조차 얼린 찰나의 언어이다

깊은 겨울밤,
언 손을 호호 불어가며

누가 빙하의 연대기를 써내려가는가?
깨끗하고 투명하게 보이는 저 빙하 속에
대기의 호흡이 끊어진 채, 억만 년 전 소리가 갇히고,
플랑크톤의 죽은 흔적이 고스란히 찍히고,
원시 우주의 먼지가 걸어온 발자국이 선명하다
빙하는 지구의 판화다
처음이자 마지막 행성, 이 땅이 걸어온
고독한 발자취를 찍은 위대한 예술작품,
작품번호; GEO1
최초의 작품인 영구동토는 마구 녹아내리고
이제 최후의 작품이 멀지 않다
오래된 침묵처럼 빙하기가 지나가고
지금 마지막 호흡을 헐떡이며
붉은 지구는 멸망의 전조를 곳곳에서 보여준다
여섯 번째 대멸종의 대상이 인류라면
우리는 이미 너무 늦었고 너무 오만하였다
빙하가 녹으며 해수면이 상승한 해안가
방향감각을 잃은 물고기와 돌고래가 몰려와 죽어간다

인류의 멸종을 예언하는 지구 종말의 징표들,
이 지상에 마지막 남은 빙하가 녹아내리고
얼어붙었던 고대 생물의 잔해에서 살아남은
박테리아와 바이러스가 새로운 숙주를 찾아 창궐하고
우리는 견딜 수 없는 행성의 열대에 좌절한다

아득한 날, 투명하고 푸른 빙하의 성채,
우뚝하고 장쾌하게 옹립한 저 빙벽 앞에 서면,
누구라도 거대한 은빛 침묵에 기가 질리리라
태양이 비추고 오래 오래,
설원에 반사된 눈부신 광채,
긴 침묵으로 설맹의 시간을 견디며
극지의 빙하는 제 몸을 얼려서 수위를 높여왔다
쇄빙선은 빙하로 덮인 얼음을 깨며
천천히 앞으로 나아갈 수 있지만,
꽝꽝 언 혀가 얼얼한 길을 뚫고 지나간 뒤
깨진 얼음은 다시 얼어붙고
아득한 빙원으로 뒤덮인 길 없는

백색의 항로는 침묵한다

어느 날 우르르 무너지는,
하염없이 부서져 내리는 오만한 빙벽이여!
드디어 섬과 섬이 물속에 잠기고 먼지의 영토가
속절없이 물 밑에 가라앉아도 아직 우리는
노아의 방주를 마련하지 못했다
미처 생각할 겨를이 없는 게 아니라
우리는 행동하지 않았으므로
마땅히 수장되어도 벙어리처럼 입을 다물고 말리라
이제라도 파도가 일러주는 말을 경청하라
온갖 폐수가 바다로 흘러들고 쓰레기가 밀려들고
끈적끈적한 기름띠가 바다의 몸을 더럽힐 때,
눈에 보이는 파도만 넘으면 끝인 줄 알지만
하나를 넘으면 더 높은 검은 파도가 덮치게 되리라
옛날 한 줄기 원시의 샘에서 발원하여
작은 개울로 흘러가다가 강물을 이루고,
여러 줄기 강물이 한 맛으로 어우러져

소금기 버석거리는 드넓은 바다로 흘러들었다
플라스틱과 비닐, 썩은 물고기 떼가 해변에 뜨고
심해의 대왕오징어가 죽은 채 해안가에 떠밀려오고
돌고래와 혹등고래가 방향을 상실한 채
낯선 해안에서 마지막 남은 숨을 헐떡이며 죽어갈 때,
포경선의 날카로운 창끝이 향유고래의 두개골을 찌를 때,
우리는 굳은 혀로 침묵하였다
침묵의 봄을 지나치고
적절한 때 행동하지 않고 눈과 귀를 막았다
탐욕에 찌든 지상의 언어로 이제 구원하지 못하므로,
기도를 올리는 제사장은 이미 늙었고
공물을 올리는 제단에는 허무만 가득할 뿐,
이제 빙하는 제 몸을 얼리기보다 줄줄 녹아내리며
수억 년을 견딘 거대한 짐승을 마구 토해낸다
녹아내린 극지에 드러난 검은 계곡과 산맥들,
여기, 가공할만한 해수면 상승을,
먹먹하게 바라보는
푸른 눈동자들!

순례자

세상은 적막하다, 적막하므로 세상이다
숲이 무너져 깃든 새들 모두 떠나고
석양은 불타는데 아이들 웃음소리 사라진
세상의 낡은 풍경은 여기저기 시퍼런 멍이 잔뜩 들었다
호수에 흙이 차올라 환멸의 독초가 자욱한 황무지,
삭은 선체와 닻, 모래벌판에 좌초한 녹슨 폐선들,
붉게 삭은 산화철의 혀끝으로 시간을 핥으며
불우한 시대를 한탄하며 한 대장장이가 일어섰다
땅 위에서 벌어진 일을
땅으로 다시 돌려보내기 위하여,
세상의 한 모퉁이를 모루 위에 얹어놓고
쉴 새 없는 담금질로 무상한 시간을 단련한다
우주의 대장간에 메질과 망치질은 계속되고
풀무의 불꽃은 이글거리며 신생의 혀끝에서 뜨겁다
불에 달군 쇠는 부드러운 찰흙 같아
벌겋게 달아오른 찰나의 생애를 주무르듯
호흡은 가쁘고 메질은 리듬을 타고 반복된다
새로운 생성을 위한 근육질의 망치질,

강철의 심장만 남고 묵은 것들은 모두 죽는다
냉엄한 시간의 모루 위, 무자비한 망치의 세례를 받고
새 몸을 받기 위하여 쇠는 벌겋게 몸이 달아올랐다
아침저녁 쉴 새 없이
우주의 화로에 바람을 불어넣는 풀무질,
화염이 튀는 맹렬한 불속에서 뜨겁게 단련되어
짧은 찰나 찬 물로 담금질을 거치고 나자
비로소 하나의 도구로 태어나 세상을 향하여 외친다
천부적 인권을 위한 혁명과 반란의 시작,
인간승리를 알리는 전주곡!
노동은 인권을 보장하는 최소한의 선언이며
혁명의 원천은 노동권의 균등한 기회에서 비롯된다
성스러운 노동!
호모 라보란스여!
노동은 밥이며 입과 항문의 길이다
노동은 다시 흙으로 돌아가서 먼지가 된다
하루 일하지 않으면 하루 먹지 않으므로,
노동은 일생을 통하여 숨이 끊어지는 순간까지 유효하다

맨땅에 딱딱한 흙덩이를 깨부수고 잡초를 없애기 위하여,
우리는 흙투성이가 되어 땀에 절어야
겨우 하루치 일용할 양식을 얻는다

도구는 우리의 역사이며 투쟁이다
죽기 전에는 숟가락을 놓을 수 없다
눈물은 내려가고 숟가락은 올라가므로
이 땅에서 살아있는 동안,
호모 파베르는 우리의 본성이며
먼지가 먹어치우는 먼지의 밥상이다
지상에서 우리가 세운 모든 것은 허물어지지만
우주의 허공에는 휘황찬란한 샹들리에가 빛나고 있다
고단한 하루를 마감하고 밤하늘을 우러러보며
우리는 별 하나에 그리움, 별 하나에 어머니,
별 하나에 동무를 그리며 오직 별을 사랑하였다
우리에게 남은 시간은 어디까지인가?
서서히 죽음으로 가는 길목에서
마지막으로 '사자의 서'를 누가 읽고 있는가?

불가피한 죽음의 축제는 광야에서 떠들썩하다
먼지가 천신에게 공양을 올리기 위하여
기꺼이 불멸의 언어로 주문을 외우는 축제,
기도는 고통스러운 곳에서 드리는 하늘을 향한 말씀,
아직 밝아오지 않은 여명에 한숨짓는 통회의 소리다
견디기 힘든 아린 가슴에서 빼낸 돌덩이 하나,
아득한 티끌들의 전생이 묵직하다
말없이 모여 속으로 와글거리는 존재들!
여기 먼지로 태어나 잠깐 머물다가
먼 기억을 더듬어 다시 천국으로 가는 길,
한 줌 흙의 나라로 돌아가노니,
지혜의 제물을 흠향하고
부디 고향으로 돌아가길 바라노라!

순례하는 티끌의 길,
돌고 돌아 둥근 허공이 되어
네가 다시 이 땅으로 돌아올 것을 잊지 말라
네 갈망이 스러지고 시간이 너그럽게 베푼

저 허공을 거두어 다른 몸으로 다시 태어나리라

어느 날, 부드러운 바람을 타고 잠깐 휴식이 찾아오면

또 다른 먼지의 어머니가 너를 낳으리라

살아있는 동안, 그대의 향기를 나누어라

푸른 별 아래, 그대의 빵을 기꺼이 이웃과 나누어라

미풍 속에서, 혹은 빗속에서 춤추며 노래하는 꽃을,

온갖 먼지를 다 씻어내고 다시 새롭고 성스러워진 나무를,

이 땅에서 네가 본 찬란하고도 소중한 순간을,

줄곧 맑은 눈빛으로 신비롭게 간직해야 하리라

네가 한번 따뜻한 시선을 주기만하면

시들어 죽어가는 사랑이 살아나므로, 너는 투명한 눈이다

네 눈은 수많은 환상으로 겹겹이 덮여있지만,

두 눈을 늘 깨끗이 닦는 일이 필요하다

이것은 바로 명상하는 일이다

내면으로 향한 고독한 여행,

그러기 위해서는 부디 멈추어라!

그리고 이런저런 생각이나 희망, 욕망 따위는 떨쳐버려라

그때 너는 투명한 의식을 지니고

네 눈은 비로소 완벽한 거울이 된다
마침내 너는 저 너머 비밀을 알게 된다

우주는 거대한 운동장,
은하계는 어마어마한 타원형의 원반,
어느 거인이 있어 원반을 던지고 있는가?
휘어진 곡선을 그리며, 빙그르르 돌며,
검푸른 공간에 원반이 날고 있다
마치 오래된 LP판이 돌아가듯 궤도를 도는 은하계,
원반이 날자, 곧장 제자리로 돌아오는 부메랑처럼
별들은 한 치 어김없이 사냥감을 노린다
머나먼 은하계에서 신호가 잡히자
하늘을 울리는 꽹음을 내지르며
빛의 속도로 맹렬하게 타오르는 운석이 떨어졌다
무표정한 어느 행성의 뺨에 사정없이 내리치는
허공의 귀싸대기!
우주공간에서 낙하한 별똥돌!
이로부터 6천5백만 년 전,

백악기 말에 공룡이 대량 멸종하였다
움푹 볼우물이 생기듯 깊이를 가늠할 수 없는
구덩이가 패이고 비바람과 눈보라, 우박과 폭포수,
절벽을 깎아내리는 물살의 끈질긴 아우성을 들으며
피곤한 대지는 잠시도 지친 몸을 쉴 수 없었다
살갗이 벗겨지고 살덩이가 점점 녹아 흐물거리다가
앙상하게 뼈만 남아 지질학의 연표를 새겼다
운석이 충돌한 구덩이,
곰보처럼 얽은 지표면을 핥는 바람이 들이치고
주름투성이로 처진 살은 뭉개져 형체마저 사라졌다
드디어 산맥이 여러 갈래로 찢어져 능선이 무너지고
암석이 쪼개져 낯선 물길을 따라 흐르다가
산산이 부서져 모래가 되었다

모래는 먼지의 조상,
아득한 날, 비와 바람과 물살에 부대끼며
머나먼 긴 여정을 끝낸 뒤 비로소 돌아와
제 자리에 부옇게 일어서는 먼지의 족속들이여!

너희들은 서로 뒤엉겨 가족을 이루고, 나라를 세우고,
먼지의 제국이 되어 광대한 식민지를 다스린다
수없이 많은 먼지의 신민을 거느리며
어느 누구도 넘보지 못할 거대한 영토를 차지하였다
비로소 한 알갱이의 먼지가 일어서서 외친다
나는 짐이다!
모든 먼지는 나를 위하여 경배하고
오직 나만을 주인으로 섬겨야 할지니라
너희들, 더 쪼개지거나 분리할 수 없는 먼지의 백성들아!
먼지의 길은 오직 입과 항문으로 통하니
하루 종일 흙투성이가 되어 노동하고
드디어 네 마지막 날이 오거든 먼지의 무덤으로,
저 깊고 검은 지하로 내려가 쉴지니라!
오직 죽음만이 너희를 구원할 것이므로
먼지로 태어난 것을 한탄하지 말라!
본래 너는 먼지였으므로 억울해하거나
후회할 그 무엇도 없을 것이다
그러므로 네 직분을 다하여 나를 섬겨라!

나는 너희들의 어버이!

모든 존재의 근원은 나로부터 비롯되고

그리고 마침내 나로서 완성되어 내 안에 거하리라!

이제 천국이 다가왔다

나는 진리요, 말씀이므로

흙에서 태어나서 흙을 먹고 생명을 얻어

잠시 여기 머물고 드디어 흙에 묻힐 것이니

찬란한 영광은 오직 흙에게 돌리고

흙을 위하여 기도하라!

먼지의 자녀는 원래 죄가 많아 누구도,

그 어느 순간에 머물지라도

잔인한 시간의 복수를 벗어나지 못할지니라!

나는 길이요, 생명이다

먼지의 주를 찬송할지니,

나는 부활이고, 영원한 진리이므로

너희들이 마땅히 따라야할 구세주니라!

태초에 흙으로 빚어진 뒤 수치심을 느끼고

아담과 이브가 무화과나무 잎을 엮어 몸을 가렸다

자손을 낳아 창세기를 막 완성할 즈음 하늘에서 소리쳤다
누가 네 형제를 죽였느냐?
누가 신앙이 두터운 아벨을 죽였느냐?
누가 어린 양을 제물로 바친 신의 아들을 죽였느냐?
아벨의 피가 땅에 스며들어 붉게 변하고
카인의 질투는 한 점 티끌보다 가벼웠다
가벼움은 더욱 그 부끄러움으로 허공에 떠돌았다
어느 누구도 허공이 울부짖는 소리를 듣지 못하였다
한동안 대지는 핏빛 통곡으로 가득하였다

한 줌 재와 흙으로 돌아가는 길,
형제의 피로 얼룩진 흙은 엉겨 붙어
대지를 물들이고 그 핏자국에 야만의 왕국을 세웠다
바벨탑을 세우고 나자 만방의 백성들은 뿔뿔이 흩어졌다
외눈박이 형제들이여!
무너진 바벨탑 아래, 누가 외친다
나를 업신여기지 말라!
네 형제들은 서로 말을 알아듣지 못할지니,

갈가리 찢긴 혀가 마치 두 갈래로 갈라진 뱀의 혀처럼
세속의 유혹에 달콤한 헛바닥을 날름거릴지니
서로 소통하지 못해 다툼이 끊이지 않으리라
누가 저 하늘가에 하느님을 능멸하는 탑을 세웠느냐?
이방인이 되어 서로 마음을 트지 못하고
질시와 반목과 다툼으로 뒹구는 먼지투성이로
떼 지어 무자비한 살육을 감행하니
마침내 왕국은 형제의 피가 넘치는 죽음의 땅이 되었도다!
멸망의 문에 한 예언자가 나타나 외친다
꼬리에 꼬리를 물고 증폭되는 증오의 시대,
"헛되고 헛되며 헛되고 헛되니 모든 것이 헛되도다"
황무지를 갈아엎을 쟁기는 녹슬고
끝없이 펼쳐진 저주의 땅,
침묵하는 봄이여!
어느 보잘것없는, 아무리 연약한 생명일지라도
먼지의 종족들이여, 서로 용서하라!
용서는 증오에게 네 곁을 조금만 내주면 되리라!
너희들은 나의 말을 들어라,

대지에 뿌린 형제의 피로
어찌 연약한 생명들이 뿌리를 내리랴!

서로 사랑하라!
네 몸처럼 네 이웃을 사랑하라!

둥근 몸

먼지는 지독한 추구자,
무엇에 빠지면 끝장을 보고 만다
처음 알래스카 빙원에서 회색 곰을 보자마자 사랑에 빠졌다
본능적으로 빠져들어 한동안 같이 뒹굴며 생활하다가
산채로 잡아먹혔다
마침내 먼지는 곰이 되었다
이같이 먼지는 우주에 존재하는 모든 것이 되었다
먼지가 몸을 바꾸는 둔갑술은 경이롭다
네가 먹고 마신 것은 무엇이든지 네 몸을 이루었다
지금의 너는 네 입으로 들어간 것들!
너의 형상은 알 수 없는
무수한 피식자들의 주검과 그 퇴적들,
결국 수많은 존재의 거룩한 공양으로 한 존재를 이루므로
존재하는 무엇이든지 그 전생에는 먼지가 있다
먼지는 둥근 몸을 하고
기류를 따라 흐르거나 땅 위를 구른다
몸보다 마음이 먼저 움직이고
아래가 위가 되고 위가 아래가 되었다,

아래와 위가 뒤집어지고 나자 비로소
색의 경전을 읽기 시작하고 너나 나나 누구나 다 함께
어우러져 아래와 아래, 위와 위, 아래와 위, 위와 아래가
차별 없이 둥근 세상을 만들어 함께 노닐었다
둥근 밥상을 가운데 두고 모두 빙 둘러 앉아
배고픔을 나누고 사랑을 나누었다

먼지는 사람의 형상을 닮았지만
귀한 줄 모르고 어디서든지 촉수를 뻗는다
눈알은 툭 튀어나오고 팔다리는 수없이 달려있다
온몸에 돌기처럼 솟아있는 미세한 피부로
낯을 가리지 않고 들러붙기 일쑤다
항상 허기진 배로 몸 곳곳에 숨겨놓은
크고 작은 입으로 모든 걸 단번에 먹어치운다
이동할 때는 많은 발을 제 몸에 딱 붙인다
공처럼 둥글게 몸을 말아 어디든지 굴러가거나
바람에 실려 하늘을 날아다닌다
먼지의 혀에는 빨판이 있어 닿는 것마다 빨아들인다

혀는 있어도 말은 하지 못하는 벙어리다
그래서 늘 침묵을 좋아하여 고요하지만
사막의 바람을 만나면 마음이 먼저 움직이고
온 몸으로 구르거나 떠다니며 세상을 뒤덮는다
천지간에 먼지만큼 잘 구르는 녀석도 없다
먼지에 찌들어도 제가 먼지투성이인 줄 모른 채,
다른 먼지들과 몸을 부비며 끊임없이 사랑을 탐한다
대체로 둥근 별의 모양으로 사는 걸 좋아하는데
우주에서 가장 작은 집을 짓고 산다
온 우주에 깃든 먼지의 집,
우주먼지로 이루어진 사람 또한 제 몸 안에
허공의 집을 수없이 짓고 허물다가 생애를 마친다
우리 몸은 먼지의 큰 집,
먼지의 종족은 사유하는 우주생물이다
마지막 날, 다시 우주먼지가 되어 뿔뿔이 흩어져 사라지는,
사람의 형상 너머, 그곳에는 허공이 살고 있다

지구는 우주의 과일,

우주의 향기로운 과일을 보라!
오로지 제 몸을 둥글게 말아서 모서리가 없다
마치 붉은 사과 한 알처럼, 이것이 익기 위하여
여기까지 얼마나 힘든 길을 걸어왔을까?
생각의 껍질을 깎으며 둥근 몸을 생각한다
허공의 몸으로 아득한 길 따라
폭우와 번개와 천둥과 뜨거운 햇살을 얼마나 겪었던가!
사과 한 알처럼, 탐스러운 과육과 향기를 위하여
얼마나 오랫동안 대지의 각질을 벗겨냈는지
대기의 비듬은 또 얼마나 털어냈는지
작은 몸을 둥글게 만들기 위하여
너는 얼마나 생각의 모서리를 죽여 왔던가?
먼지는 관념의 틀을 벗어나있다
달에서 바라보면 지구가 둥글지만
이 땅에 만년설 덮인 히말라야 산들을 바라보면
껍질을 깎아낸 하얀 속살의 사과처럼,
푸른 행성의 민낯이 그대로 드러난다
어안렌즈로 보면 반달처럼 솟아 휘어져있다

이걸 무한히 확장할 수 있다고 상상하면
처음 우주가 탄생하고 나서부터
지구는 둥글다는 추론에 도달할 것이다

누가 휘슬을 부는가?
우주의 홈구장, 5성급 코스모스 아레나
은하계의 여러 경기장들은 돌아가며 게임을 벌인다
오늘도 별들은 팔과 손을 대지 않고 오직 발로 공을 찬다
허공을 찬다!
다만 골키퍼는 손이나 팔을 써도 되지만
알 수 없는 검은 에너지가 넘치는 별의 발은
드리블을 하거나 패스하고 골킥을 하는데 알맞다
우주의 축구장에는 라인이 따로 없다
골대 없이 그냥 허공에 보이는 투명한 선,
이때 일정한 별의 궤도를 말한다
우주의 골대는 블랙홀처럼 볼을 차넣는 순간
거대한 허공이 순식간에 빨려 들어간다
관중석에 가득한 별 떼들은 환호하며 부부젤라를 분다

우주의 한 귀퉁이가 찢어지는 굉음!
아프리카 줄루족이 전쟁할 때 신호로 사용하던
부부젤라는 경기장을 압도한다
축구에서 흔히 '공은 둥글다'고 말하는데,
이건 우주가 벌이는 게임이 갖는 의외성을
확률이나 수치로 나타내기 힘들기 때문,
우주에서 별의 게임은 끝날 때까지 끝난 게 아니다
공은 둥글고 경기는 몇 억 광년이나 계속된다
우주에서는 강한 자가 이기는 것이 아니라
이기는 자가 강한 것이다
차라리 애초에 이기고 지는 게 없다
우주는 영원한 승리자다

공은 둥글다
우주에 굴러다니는 공,
둥근 허공을 꾹꾹 다져서 만든 것
엉망진창인 세상에서 싸울 일이 있는가?
허공을 제대로 보면 마음마저 사라진다

세상을 바라볼 때 둥글게 보아야 하듯

먼지를 온전히 알기 위해서는

먼지와 한 몸이 되어 뒹굴 수밖에 없다

둥글게, 둥글게, 오직 둥글게 말아

온몸의 모서리를 지우고 몸으로 굴러야 한다

한 존재를 온전히 알기 위해서는

그 존재의 중심으로 들어가 하나가 되어야 한다

먼지는 가장 정직한 존재의 중심이다

모든 존재는 그 중심에 배꼽을 가지고 있다

먼지는 우주의 배꼽, 궁극적으로 그 배꼽의 꽃이므로

태초부터 한 송이 꽃이 피어오르길 기다렸다

우주를 판독하는 요긴한 한 단어는 배꼽이다

우리는 모두 배꼽을 가지고 있다

우주의 배꼽!

빅 히스토리의 관점에서 보면,

우리는 별에서 온 별의 아이들!

한 점에서 거대한 폭발이 일어나 역사가 시작됐다

배꼽은 우주먼지의 중심!

배꼽이 있는 탯줄은 먼지를 낳기 위하여
태아의 배 안에 연결된 유일한 통로,
우주선의 탯줄은 태아가 뱃속에서 모선으로부터
산소와 영양분을 공급받았던 생명줄이나 다름없다
그리고 먼지는 배꼽에서 떨어진 먼지의 꽃씨,
태초의 먼지는 배꼽으로부터 나와
그 배꼽의 주인을 먹어치운다
우주에서 한 존재의 '숙주'는 먼지이며
동시에 먼지는 흔한 '피식자'이기도 하다
이 우주에서 먼지보다 큰 입을 가진 존재는 없다
배꼽과 입은 다르지만, 그 둘을 연결하는 끈은
우주에 존재하지 않는 이상한 시간뿐
먼지에게 처음 생명의 입김을 불어넣자,
눈이 먼 먼지는 집을 찾지 못해 거리를 헤맸다
이를 딱하게 여긴 어느 별이 말했다
다시 눈을 감아보아라, 그러면 보일 것이다
정말로 눈을 감으니,
처음처럼 길이 보이고 집을 찾을 수 있었다

분별 이전의 세계로 돌아갔다
일체 분별하지 않는 오직 한 마음,
온 몸이 밝은 눈으로 뒤덮여
비로소 먼지는 최초의 둥근 모습으로
지상을 구르기 시작하였다

달 좋은 어느 봄날 밤,
달빛을 희롱하는 물가의 한 정자,
밤이 가려주는 너럭바위에 앉아 하얀 발가락을 씻으며
청초한 노래를 부르기 시작하였다
불타버리고 뼈대만 남은 높은 누대,
봄바람이 잠시 머물다가
꽃잎을 그네 삼아 건너 산으로 가고 나자,
가야금 현이 탱탱해진다
밤의 서늘한 기운에 가위 눌려
하얀 벚꽃은 떼 지어 산으로 숨어들고,
관능의 소름 돌아 살금살금 기어오른다
솔숲을 지나 부드러운 능선을 더듬으며

이윽고 위와 아래가 하나 되어 맘껏 뒹굴다가
들이치고는 빼고, 빼고는 들이치며
뭉근한 절구공이, 방아를 찧다가 말고
바싹 머리채를 부여잡고 마지막 용을 쓴다
자지러지는 봄밤의 교성이여!
산짐승 한 쌍이 흙덩이를 물고 뒹굴다가
비로소 저들 스스로 깨달았으니,
가장 깊은 몸의 내부가 먼지라는 걸,
한 점 영혼이 기껏 먼지의 노예라는 걸,
그리고 무엇보다, 몸이 마음보다 정직한 때
바로 청춘을 노래하던 시절이 있었다는 걸,
깨닫고 청춘가를 흥겹게 불렀다
"노세, 노세, 젊어서 놀아, 늙어지면 못노나니
화무는 십일홍이요, 달도 차면 기우나니라"

짧은 우리네 인생이여!
오래된, 철 지난 유행가 가사처럼
티끌만도 못한, 아예 눈곱만도 못한

찰나의 즐거움이 먼지에게 있었으니
먼지는 먼지끼리 서로 위로하며 어우러져
한 몸을 이루어 고단한 한 세상을 지나가니,
아! 그야말로 먼지로 뒤덮인 극락이 여기로다
극락이나 저승이나, 정토나 예토나
모두가 같은 땅이 아니더냐?
그러므로 지금, 여기가 진정한 안식처로다
게다가 찬란한 잉태의 순간, 나팔관을 따라
수많은 먼지 떼가 우르르 몰려가서는
그 중에 제일 빠르고 강한 먼지 한 톨이
달집에 들이치며 소릴 질렀다
열 달이 지나자, 이윽고 긴 산통 끝에
산도를 따라 나오며 제 어미의 자궁을 찢었다
양수가 흘러넘치고 먼지의 후예가 쑥 빠져나오자,

마야부인의 오른쪽 겨드랑이에서
세상에 처음 성스러운 얼굴을 내밀고
고고성을 울고는 일곱 걸음을 떼고 소리쳤다

하늘 위와 하늘 아래,
오직 나만이 존귀하도다!

먼지의 길

오랜 태초의 기억을 찾아 소란한 때가 있었다
창조냐, 진화냐, 이를 두고 다투자 이 광활한 우주에서
그토록 하찮은 논쟁이 과연 무슨 의미가 있느냐,
마치 닭이 먼저인지, 계란이 먼저인지,
서로 타박하던 꼴과 무엇이 다른지
둘 다 모두 먼지로부터 왔으므로
그 변론은 이미 우주 공간 자체에 해답이 있지
희미한 기억의 소유권을 둘러싸고
그 다툼 때문에 별은 우주의 법정에 섰다
아주 작은 먼지가 가속도를 얻어
진공 속을 여행하는데 주행속도가 예사롭지 않았다
앞서 달리던 별이 속도를 잃고 잠시 머뭇거리는 순간,
뒤따르던 별이 요란한 경적을 울리고
하늘에다 폭죽을 터뜨리며 앞차를 추월하였다
거의 동시에 궤도를 따라 흐르는 두 몸이 스쳤다
격렬한 연소가 있고 두 별의 몸에 큰 구멍이 패고 나자,
버섯구름처럼 자욱한 먼지가 하늘을 뒤덮었다
어느 한 쪽의 잘잘못을 따진다는 일은 성가시지만,

별의 법정은 냉정하리만치 차갑다
마침 주위를 지나치던 별똥별이
이를 목격했다면 재판은 훨씬 싱겁게 끝나리라
어쨌든 검고 차가운 하늘 깊은 동공에 각인된
증거를 끄집어내어 이를 재현해야 한다
우리가 머무는 태양계 너머를 보려면
기껏해야 눈을 확장시킨 우주망원경이 전부다
허블 망원경과 스피처 망원경으로 보다가
제임스 웹 우주망원경이 계획된 궤도를 따라
절묘하게 균형을 이루는 라그랑주 점에 안착하였다
공전하는 별의 중력과 위성의 원심력이 상쇄되어
중력을 벗어난 이곳은 중력 제로인 우주의 휴게소
우주를 엿보고 싶은 욕망의 산물,
천체망원경은 우주를 향한 '피핑 톰'이다
고다이바 부인의 벌거벗은 모습을 훔쳐보듯
먼지의 호기심은 우주를 향하여 늘 열려있다
"벗은 몸으로 마을을 한 바퀴 돌면 생각해 보겠다"
이 소식을 듣고 사람들은 부인이 벌거벗은 채

마을을 돌아다니는 걸 아무도 내다보지 않기로 하였다
하지만, 고다이바의 나체를 훔쳐봤다가
눈이 먼 천벌을 당한 재단사 톰은
너무 호기심이 지나치고 말았지
발가벗은 채 말을 타고 있는 여인,
입술이 바짝바짝 타오르는 저 관능의 절정,
결국 엿보지 말아야 할 것을 보고 말았지
우주도 어쩌면 그대로 내버려둘수록 좋을지 몰라!
앞으로 먼지 떼들은 우주전쟁을 할 게 뻔하므로,
우주도 자연과 마찬가지로 내버려두라!
차라리 미지의 상상이나 신화로 남겨두는 게 낫다

지금 우주 공간에 노니는 먼지들,
둥둥 떠다니는 우주 쓰레기의 잔해들,
우주의 벗은 몸을 누가 훔쳐보는가?
우주는 미지의 영역,
지금 우리가 아는 건 거의 무지에 가까워!
아직 현상하지 않은 사진처럼

앞으로 드러나게 될 부끄러움이 더 문제다
수억 겁 동안 먼지가 쌓은 갖가지 업보들,
어찌 다시 펼쳐볼 수 있을지,
우주에서 벌어지는 대부분의 사고는 현행범이다
사건이 벌어지면 어느 쪽이든 결딴나고 만다
대개 접촉사고나 충돌사고지만, 드물게는 실종사건이다
무엇보다 별의 법정에는 시각적인 물증이 유효하고
난제의 수학을 풀어야만 적절한 해답을 얻는다
그만큼 우주의 사건 심리에는
머리를 싸매고 얻은 결과로 승부가 난다
고도로 훈련된 수학자와 천체물리학자들,
우주의 법정에 서기 위해서는 누구나 선서해야 한다
먼지는 한 손을 들고 선서하고 나서
여기에다 서명 날인해야 한다
모든 우주별은 법정에서 선서한 경험이 있다
별의 서명은 이 세상의 언어를 초월한다
별의 언어는 우리가 읽을 수 없다
다만 별을 올려다보며 두 눈을 맞추고

마음을 저 먼 곳까지 보낼 수 있어야 한다
언제 도착할 지 따지지 말고
그냥 순수하게 기도하는 정성으로,
진실한 마음을 보내야 한다
응답을 기다리지 말라!
제일 중요한 것은
더 바라는 것이 없을 때
두려움은 사라지고 자유로울 것이므로,
오래된, 거의 망각해버린 사건
먼지에 푹 파묻힌 채, 빛바랜 기록을 들추어보면
경이로운 찬탄이 저절로 흘러나올 것이다
별의 '아카이브'에는 먼지가 수두룩하다

태초에는 법이 없었다
법은 쓸모없는 자연의 족쇄이므로
원시에는 법이 아예 없거나
서너 가지나 열 가지로 충분하였지만
점점 그 수가 늘어나 수백여 가지가 되고

지금은 법전이 엄청난 두께로 불어났다
다툼과 죄악은 차마 못할 일이 없는 듯
대성당의 시대, 첨탑이 높아질수록 그림자도 깊어졌다
한쪽에 빛이 강렬할수록 다른 쪽에는 그만큼 어둠이 깊었다
어둠 밖에는 무엇이 있을까?
어둠의 바깥에는 어둠이나 밝음이 있겠지만,
더 짙은 어둠이 큰 문제다
뼈저린 시간을 지나면 어둠은 옅어지기 마련이지만
이상하게도 우리의 정신은 거기까지 도달하지 못했다
우리의 기억은 망각하는데 훨씬 익숙하다
그래서 늘 어둠 밖이 더 어두운 게 사실이다
어둠은 두려움을 부르고
두려움은 자유를 억압하므로
세상은 노예상태에 놓이기 쉽다

우주의 보이지 않는 손!
무법, 자연의 태초에 그 손은 아주 작았다
알 수 없는, 부드러운 손이 우주를 창조하고

먼지를 먹이고 길러냈다
우주 속의 작은 한 티끌이여,
지구를 생각하면 얼마나 부지런한가!
먼지에게 젖을 물려 기름진 땅에 생명의 싹을 틔웠다
먼지가 지나온 위대한 여정의 발자국,
꽃과 나무, 공룡과 매머드, 삼엽충, 고사리 같은
생명의 화석들, 기억보다 선명하게 찍힌 채
영겁의 세월을 오늘도 찬란하게 보여주고 있다
당시의 자잘한 접촉사고와 충돌, 실종사건까지 남김없이,
모든 우주의 사건 기록들이 층층이 저장되었다
이 작은 생명의 고향,
지구는 얼마나 정확한 기록보관소인지

먼지는 흙의 자손들!
갓 태어나 처음 어미젖을 빨다가
흙에서 자라나 점점 몸집을 불려나갔다
흙의 아들이 되어 스스로 흙의 조상을 섬겼다
같은 겨레의 족보로 어우러진 먼지의 후예들,

아침에 눈뜨면 쟁기를 지고 들판으로 나가
땀 흘리며 밭 갈고 저물녘에야 집으로 돌아왔다
땅이 베푼 자비로운 결실을 곳간에 거두니
흙 내음 물씬한 가을빛 평화가 넘쳐났다
강철 같은 믿음이 대들보와 기둥이 되어
녹슨 시간의 무상함을 떠받쳐주었다
바람보다 빨리 세월이 흐르고 점점 집들이 무너지고
자손들마저 뿔뿔이 흩어져 이역만리로 떠나고 나자,
말라죽은 뿌리들이 나뒹구는 황무지,
여기는 거칠고 적막한 풍경이 울부짖는 땅,
핏빛 어린 폐허에 생명의 양식을 추수할 수 없다
철이 지나도 가을걷이는 옛날의 희미한 기억일 뿐,
풋풋한 땅에 풍기던 어머니 젖 내음 같은
어린 시절은 이제 사라진 지 오래,
억새 무성한 황무지에 까끌까끌한 바람이 일어나자
갈까마귀 떼는 자욱하게 공중에 날고
날개가 찢어진 새는 온기 없는 부리를 묻고 잠들었다
집 떠난 형제들로 세상은 텅 비고

연두빛 희망보다 깡마른 절망이 먼저 와서 기다렸다
지금은 절망이 미리 와 또 다른 절망을 기다리는 시대,
위대한 정신의 유산을 외면한 악마의 냉소여!
세상은 콘크리트 섬처럼 완강하다
이제 다시 오지 않을 그리운 저녁들,
집 나간 자식을 위하여 늘 대문을 열어놓은 채
따뜻한 고봉밥 한 그릇을 아랫목에 들이고
기다리던 어머니의 간절한 마음이야
세상 그 어느 곳에서도 바랄 수 없다

허망한 달그림자를 길게 끌고
밤 부엉이가 을씨년스럽게 우는 밤,
머리를 감싸쥐고 쪼그려 앉아 홀로 흐느끼는 시간,
나는 누구인가?
나는 어디서 왔다가 어디로 가는가?
검은 울음이 솟구친다
하루살이 여생은 남은 슬픔뿐, 누가 먼지를 말하는가?
먼지가 내뱉는 언어의 한계는 우주의 한계이다

지금 내지르는 비명이 우주를 지배하지만,
먼지의 혀는 메말라 갈라지고
대숲 아래 말라버린 샘에는 입술을 축일
물 한 모금의 희망조차 없다
먼지의 길이여!
너무나 뚜렷한 긴긴 순례의 여정이여!
어느 항성에서 빛나는 삶을 살다가 일순간에 폭발하여
지금 여기 푸른 혹성에서 빛바랜 채
허망한 눈초리로 뒹굴고 있는가?
독백은 식은 재처럼 주저앉은 열패의 흔적일 뿐,
수억 광년 동안 흙의 자손으로
자욱한 먼지의 길을 가고 있느냐?

언어의 바다

우주는 오직 하나,
둘이 아니므로 상대가 없다
우주는 태초에 언어를 벗어나있다
언어로부터 속박당할 것인가? 아니면 초월할 것인가?
우주의 관점에서 보면, 이 점은 늘 큰 문제다
광대한 언어의 바다에서
끝없이 일렁이는 파도 때문에 멀미하지만,
배를 띄운 이상, 한바다 가운데서 내릴 수 없다
언어는 우주 전체를 움직인다
언어는 생각을 여닫는 문이므로
불온한 도적이 때로 숨어들기도 한다
이때 도적이 훔치는 저것은 무엇인가?
세계를 겨우 인식한 한 떨기 의미의 꽃,
그 모호함을 버리고 명확하게 발음을 토하지만
말과 글은 파도처럼 거품이 많다
생각의 메아리를 깨워
언어 속에서 울려 퍼지게 하지 못하면
우리가 생각할 수 없는 것을 우리는 생각할 수 없다

우리는 또한 생각할 수 없는 것을 말할 수도 없다
이름 붙일 수 없는 세상은
머릿속에 그려볼 수 없기 때문에 의미도 없다
바다의 말은 파도가 스친 마음의 초상
파도가 쓴 글로 물결을 다 표현할 수 없고,
파도가 뱉은 말로 바다의 뜻을 다 드러낼 수 없다
생각의 파도가 일 때마다 번뇌의 거품이 일었다가 사라진다
겉보기에 아주 평온한 바다,
그런데 대기 중에 떠있는 먼지 때문에
반짝이는 윤슬은 신기루처럼 사람의 눈길을 당기고
먼지가 내뱉는 말은 그 의미가 다채롭다
마치 시시각각 바다의 색깔이 변하듯
말하는 이와 듣는 이가 달리 느끼는 어감 때문에
말은 뱉는 순간부터 발작을 일으킨다
심한 경우 실어증으로 드러눕는다
가끔 바다에 거센 파도가 일 듯,
말은 분노를 폭발하기도 하고
심한 경우 배를 뒤집듯이 관계를 전복시킨다

언어는 그자체로 재앙을 싣고 다니는 화물선과 같다
거대한 파도를 만나 그 위에 얹히면
배가 하중을 이기지 못해 선체가 찢어져 침몰하듯
한순간 언어의 바다는 죽음의 거대한 수장처가 된다

언어는 수레에 비유할 수 있다
수레가 갈 수 있는 데까지는 수레를 타고 간다
그러나 더 이상 길이 없을 때는
수레에서 내려 두 발로 걸어가야 한다
두 발은 언어를 초월한 침묵
침묵이 거느리는 배후는 모든 판단을 버린다
우주를 어떤 말로 나타낼 수 있을까?
생각이 끊어지고 말로 나타낼 수 없는 곳은
어떻게 다가가야 하는가?
길이 끊어지면 걸어가야 한다
맨발로 걸어가야 한다
말길이 끊어진 곳에는
인식의 문에 드는 길마저 끊긴다

일체의 분별이나 시비마저 사라진다
마침내 생각마저 사라지자,
수레를 버리고 맨발로 걷는다
수레를 불태우고 나면 우주도 사라지고 만다
우주가 사라진 곳에 무엇이 남는가?
알 수 없다,
그 무엇도 남아있지 않은 허공마저 사라진다
침묵보다 완벽한 언어가 있을까?
이러쿵저러쿵 시비하거나 따지지 않으므로
침묵은 이미 유무의 세계를 초월한 무의식의 저항
언어를 여위었으므로 침묵은 가장 위대한 언어다

때로 언어는 갯벌과 같다
한 발이 들어가면 다른 발목마저 잡아당긴다
뻘 속에서 움직일수록 두 발은 더 깊은 수렁으로 빠지지만
뻘은 생명의 땅, 여러 곳에 숨구멍을 내보인다
쏙, 우럭조개, 짱뚱어, 낙지, 논게들,
빠끔거리는 숨구멍은 치열한 삶의 증거이지만

그것 때문에 포획당하여 죽음에 이른다
갯벌에서는 온갖 삶과 죽음이 공존하지만,
매일 제 입으로 뻘을 게워내어 새로운 뻘을 만든다
만약 뻘배라는 유용한 도구가 있다면
뻘 위를 제법 수월하게 다닐 수 있으리라
한쪽 발을 뻘배 위에 올리고 다른 한 발로 갯벌을 밀며
앞으로 나아가는 그때, 편리한 뻘배를 미는
두 발의 용도는 '의미'와 '예의'이다
의미는 뻘 위와 아래에서 다른 표정을 짓는다
마치 게처럼, 뻘 위에서는 붙잡히지 않기 위하여
어기적거리며 옆걸음으로 게거품을 물지만,
뻘 아래에서는 진흙 속에 파고들어 제 정체를 숨긴다
뻘에 새긴 숨구멍은 연약한 목숨들의 작은 호흡들,
기꺼이 살아남기 위한 갑갑한 고통의 몸부림,
이때 바다는 '예의'라는 옷을 입고 침묵한다
생의 의미는 이미 너무 낡아
어느 한쪽을 편들거나 거들어주지 않는다
아주 흔한 죽음조차 무심한 태도와 뉘앙스로

뼐 위를 미끄러지듯 자유롭게 스치며 지나갈 뿐,
자연은 잔혹하지만 늘 무심하다

먼지가 내뱉는 말은 거의 절반 이상이
그 언어가 지시하는 고유한 의미를 초월한다
의미는 때로 반역이며 혁명이다
언어의 지층은 관습과 역사의 퇴적이므로
의미는 그 표면과 심층의 두 구조가 충돌하고
서로 영향을 주고받으며 다양한 색깔로 옷을 입는다
언어의 색채는 빛에 산란되어
두 눈을 통하여 감각으로 인지되지만,
종종 눈꺼풀에 들러붙은 티끌로 시야를 가린다
네가 섬기는 언어는 생각의 온전한 주인이 아니다
현실은 네 생각의 거울이지만,
의미는 너의 전유물이 아니라 타자가 만드는 것,
의미는 텍스트 내부에 있다
외부의 그 어떤 방해로부터 자유로울 수 있는
세계는 존재할 수 없고 억압은 언어가 가진 수갑이다

세상은 언어가 던진 그물로부터 자유로울 수 없다
큰 의미는 먼지를 넘어선 우주적 맥락 안에 있다
우주에 존재하는 모든 것은 인식을 넘지 못하고
사유의 심연은 언어를 결코 뛰어넘지 못한다
여전히 심해의 언어는 완벽하게 해독하지 못했다
먼지의 언어는 위험하다
혀를 잘못 놀리면 도끼에 스스로 베인다는 옛말이 있지만
오래전부터 말과 글로 죽음을 부른 역사적 사건은
그 예를 헤아릴 수 없다

언어는 빈 그릇,
진리를 담기 위하여 텅 비운 그릇이다
빈 그릇을 아무리 핥아보아야 헛바늘만 돋을 뿐,
그릇 속에 향기로운 술을 담았는데
그걸 마시지 않고 계속 그릇만 들고 서있다면
그 또한 매우 어리석은 짓이다
너는 빈 그릇 안에 무엇을 담았느냐?
빈 그릇 안에 담은 온갖 언어의 쓰레기를 쏟아버려라

마침내 최고의 깨달음에 도달하리라
오메가 포인트는 바로 이 순간이다
바다의 표정이 다양하듯 언어의 날씨는 가늠하기 어렵다
먼지가 까끌까끌한 세상의 바닥을 훑을 동안
소란은 아주 잠깐 잠잠하지만
근원적인 오염은 대기상태로 기회를 엿본다
아귀의 입처럼 언제나 불행을 노리지만,
먼지는 진리를 향하여 제 허물을 고백할 줄 안다
진리는 생명의 말씀이자 부활의 메시지다
진리를 피하여 달아나도 구원은 오직 진리의 편,
요나가 고래의 뱃속에 갇혀 있는 동안
세상은 그 어떤 말로 위로할 수 있을까?
사흘 동안 물고기 뱃속에서 잘못을 뉘우치니
물고기가 하느님의 명령을 받아 요나를 뱉어냈다
마수처럼, 바다는 겉으로 보기에는 평온하지만
저 알 수 없는 깊이 아래,
해일과 폭풍과, 해저 용암이 부글거리며
호시탐탐 전복과 파괴, 선동을 일삼아 소란하다

작은 먼지의 입으로 토하는 더운 입김과 파도소리,
무심한 바다는 냉정하게 평정을 유지하지만,
그 수면 아래는 지옥의 비명으로 아수라장이다
밤낮 쉬지 않고 하얀 거품을 입에 물고 뒤척거리며
새파랗게 질려 넘실거리기 일쑤다
때로 바다는 폭군이다
파도의 눈썹이 치켜 올라가면 어떠한 배도 뒤집어버린다

바다는 무서운 은둔주의자,
그 위에 부유하는 먼지 떼는 아무것도 아니다
세상이 두려워도 무시하라!
불굴의 항해자여!
네 인식을 넘어서는 세계란 없다
한갓 파도가 읽는 한계는 바다를 넘어설 수 없다
파도가 없다고 가정하면,
바다가 없다고 맹신하게 되므로
네가 항해를 계속하는 동안, 내내 바다는 평온하리라
바다여, 네가 먹고 토하며 허연 배를 뒤집고 깔깔거리는 저 무수한 파도 떼는 아무것도 아니므로 부디, 잠잠하라!
겉으로 보이는 것에 속지마라
잔잔한 물결이 햇살에 비치는 물비늘에 현혹되지 마라
언어는 인식에 현상된 사진일 뿐,
바다의 역광에 네 피사체를 방어하라
플레어를 조심하라!
이미지가 실제 육안으로 보았을 때
이전에 없던 빛의 덩어리나 테두리가 나타날 수 있다
누구나 스스로 꾸미거나 과시하려고 하지만
그건 네 본래의 모습이 아니므로
너와 광원의 사이, 거리와 각도는 늘 변하므로
찰나를 찍은 시간에 집중하라
지금, 바로 여기, 멈추고 마음을 관찰하라
헐떡이는 마음을 쉬고 호흡에 집중하라
너는 단지 해변에서 놀고 있는 아이와 같다
깊은 바다 궁전에 살며 황금 갈기 출렁이는 말을 타고
바다를 건너가는 영웅이여!
세 갈래 창으로 바다와 땅과 하늘을 들어올려

지진을 일으키는 포세이돈이여!
먼지 떼를 긍휼히 여기소서!
낮에는 대양에 내리쬐는 햇살과 미풍을,
밤에는 혹등고래의 등짝에 내려앉은 별을 바라보며
푸른 행성의 향연을 즐기소서!

출항을 위하여

살아있으므로 노래하라!
우주에 어디 후렴 없는 노래가 있으랴!
밀물과 썰물이 되풀이되어 바다가 파도를 일으키듯
우주는 지칠 줄 모르고 진동한다
먼지는 위대한 항해자,
수억 광년 동안 우주를 횡단한 최초의 우주인!
먼지가 누리는 한 점은 우주 좌표의 최소단위이며,
무한한 우주 팽창의 크기를 재는 척도이다
먼지야말로 가장 극미한 우주이며
동시에 우주는 가장 광활한 먼지이기도 하다
서로 차별 없이 들고나며 일체를 이룬다
우주의 마음이 서로 닿는 데는 촉매제가 필요하다
먼지가 이어놓은 마음과 마음,
마음이 닿기 위해서는 이 땅 위에 살아야 한다
먼지로 잔뜩 뒤덮인 세상을 함께 뒹굴며 사랑해야 한다

먼지는 한마음이다
한마음이므로 더하거나 덜 것이 없는 공이다

공은 모나지 않아 완전하고
어떠한 분별이나 시비를 용납하지 않기에
허공처럼 무표정하다
온갖 빛이 들이치고 현란한 색을 입히지만
허공은 모든 색을 지운다
아예 아무런 색깔이 없이 눈의 경계를 이미 초월하여
무색무취의 투명한 알갱이에 지나지 않는다
정수리에 들이치는 금강석!
위대한 깨달음의 한 마디, 이는 우주의 두개골이다
뼈만 남아 눈두덩이 쑥 빠진 퀭한 해골이다
백골이므로 아예 생각이 없다
이토록 광활한 우주 속에 무슨 생각이 그리 많은가?
생각의 보푸라기가 많이 일어나면 일어날수록
번뇌는 한없이 씨를 뿌린다
무자비하게 번지는 번뇌의 잡초들!
그냥 백골을 쳐다보는 행위만으로도
'우주먼지에 관한 명상'을 할 준비가 다 되었다
지구가 공처럼 둥글다는 사실을 믿은 건

얼마 되지 않은 역사에서 알 수 있지만,
콜럼버스는 깨달은 사실을 항해일지에 남겼다
"나는 지구가 둥글지 않고 배 모양이라는 것을 발견했다"
배에 머물며 항해하는 동안 배만 기억하라!
저 넓고 광활한 지구조차 한 척의 배일 뿐,
약속된 시간이 오기 전에는 시간을 밀봉하라!
그리고 머무는 그곳을 잊고 한곳에만 집중하라
근심과 걱정은 지금, 바로 여기의 일이 아니므로
뱃전에 매어둔 채 오직 항로를 따라가라
모든 번뇌는 이미 너를 떠났다
바다에 떠있는 이상, 너를 파도에 맡겨라
바람이 불면 부는 대로 항해는 바람 따라 계속되리라
기껏해야 생각의 먼지는 제가 머무는 시공간에 국한하여
자신을 정의하므로, 모든 생각은 두 곳에 머문다
한 곳은 먼지의 집이고 다른 곳은 먼지의 배다
머물 때는 고요하고 출항할 때는 출렁거린다
머물고 떠나기를 반복한다
그러므로 집과 배는 먼지의 두 거처이다

나중에야 알게 되겠지만 사실은 집과 배는 같은 곳이다

어쨌든 살아있으므로 출항과 귀항, 그리고 정박은

먼지가 살아가는 생생한 모습이다

머무는 동안 정박한 배는 안전하지만

바다로 향하여 출항한 뒤에는 위험하다

변화무쌍한 기후에 거센 폭풍우를 만나

좌초하거나 침몰하여 죽음을 맞이할 수 있다

폭풍우 속에서 드리는 기도는 고요에 잊혀지고,

맹세는 간절하지만 파도가 잠잠하면 지난 일이 될 뿐,

순간, 순간, 위험을 맞닥뜨리고 기도하며

굳게 맹세하지만 얼마나 가련한가?

정박한 배는 항구에서 그냥 녹슬지만,

출항한 배는 가라앉거나, 다행스럽게 무사히 귀항하리라

먼지의 여행은 어떤가?

마냥 항구에 매어둔 채 안전할 것인가?

아니면 위험을 무릅쓰고 출항하여 원래 목적을 좇을 것인가?

먼지의 일생이란 것도 배와 같다

바다에 떠서 바다와 한 몸을 이루어

파도를 헤쳐 나아가며 고해를 헤쳐가야 하므로,
먼지의 항해는 파고를 넘나들며 출렁거리기 일쑤다
어디 잠잠하기만 한 바다가 있으랴!
무사태평한 바다를 기대하는 건 애초에 무리다

먼지여!
출항의 깃발을 올려라
그리고 힘차게 뱃고동을 울려라, 이제 출항이다,
저 높은 파도를 곧장 맞받으며, 먼지여!
아무리 고달픈 항해라도 기죽지 말라
아무리 애써도 되지 않는 일이 있으리라
그렇더라도 희망을 버리지 마라
출렁이는 배 위에서 항해일지를 쓰며
오직 의지할 것은 저 하늘의 별자리와 나침반 뿐,
항로는 아득하고 파도는 으르렁대며 노리겠지만,
너는 먼지이므로 이미 모든 가능성이다
실패조차 네 모든 것이다!

제2부

참회의 기도

생명의 노래

아득한 날, 한 티끌이 있어
시간과 공간의 정점인 피라미드에다 숨을 불어넣자
위대한 생명의 노래가 비로소 완성되었다
나일 강가, 태양의 길목을 지키는 파피루스 숲,
짙은 녹음으로 뜨거운 바람을 막아주고
오천년 동안 문명은 서늘한 꽃을 피웠다
젊어서 죽은 투탕카멘은 이집트 '사자의 서'를 봉인한 뒤
테베의 서쪽, 왕가의 계곡에 묻힌 채
황금마스크를 쓰고 미이라가 되었다
역사와 신화의 열쇠는 세월이 흘러가도
결코 녹슬지 않고 신비의 문을 여는 주문이 된다
열려라, 참깨! 주문은 가능성으로 들기 위한 입구일 뿐,
먼지의 고고학은 언제 어디서나 똑같이 진행되었다
수많은 삽질과 솔질로 일단 표층을 걷어내고
흙을 뒤집어쓴 유물의 깊은 잠을 깨우고자
숨 막히는 전율로 첫 대면을 기다리며 발굴한다
투탕카멘은 끊임없이 호기심을 불렀다
근친혼으로 인한 내반족 기형과 여러 개의 지팡이들,

제발 그만 엿보는 게 어때?
그의 죽음을 너무 들여다보는 건 아닌지
이제 그만 그를 놓아줘야 하는 건 아닌지
관 속에서 먼지를 뒤집어쓴 먼 기억
희미하게 이 땅을 스쳐간 흔적일 뿐,
발굴과 동시에 거대한 침묵 속으로
온갖 상상과 의문이 사라졌다
어머니는 우주다!
이 세상에 어미 없는 자식이 어디 있으랴!
어머니에게 아이는 모든 기도의 시작이며 끝이다
어머니와 아이는 배꼽으로 연결되어 있다
탯줄이 분리되는 순간,
개체는 전체를 드러낸다

우주의 배꼽!

배꼽은 몸의 중심이다
배꼽은 정확한 거짓말탐지기,

배꼽은 하나의 법칙으로 통한다
배꼽은 진실로 들어가는 최초의 통로
그런데 먼지의 배꼽은 어느새 딴 짓만 벌인다
나의 배꼽은 어떤가?
나의 배꼽은 이율배반적이다
나의 배꼽은 세상 밖으로 팽창하지만
여기 세상 안에서는 늘 수축한다
나의 배꼽은 자주 출구를 겨냥하지만
나의 몸은 의례적으로 답답하게 갇혀있다
나의 배꼽은 아내를 향하지만
나의 마음은 세상 여자들에게 추파를 던진다
배꼽은 우주의 중심
일찍이 누구도 배꼽에서 벗어난 적이 없다
배꼽 아래에서 자유로운 성인이 있었던가?
성인조차 배꼽 슬하의 자손들,
모든 악마 또한 배꼽의 자손들,
그러므로 성인이든 악마든 모두 배꼽의 후예들!
누구라도 배꼽에서 절대로 탈출할 수 없다

그러므로 '배꼽을 벗어나라'고
무수한 선지자들이 나타나 외쳤지만,
아무도 이를 성취한 자가 없었다
오직 탯줄을 통하여 생명을 받아 새로 탄생하고
첫걸음마를 떼기 시작하자, 네 발로 엉금엉금 기다가
혼자 두 발로 걸음마를 겨우 뗄 무렵,
처음으로 몸이 무너지며 앞으로 엎어졌다
땅에서 넘어진 자여, 땅을 짚고 일어서라!
이윽고 일생의 마지막은 세 발로 겨우 버티는데
지팡이는 늙은 시간의 저주인가?
자연의 시간은 원형으로 돌며 순환하지만
사람의 시간은 직선으로 나아가다 단절되고 만다
사람이여, 보라!
쌓아올린 모든 것은 무너지노라!
기껏 우리가 한 일이란 정말 아무 보잘 것이 없지 않은가!
허망한 그림자만 길게 드리운 채,
삶은 나약하고 유적이나 유물 또한 무상하다
궁극에는 긴 세월이 흘러도 가장 견고한 모습,

인류가 쌓아올린 완전한 형체,
그걸 바라고 찬란한 유적을 세웠지만
노예의 손으로 이룬 것은 배신하고 말리라
노예의 피눈물로 탄생한 모든 것은 무너지리라
마침내 저 피라미드의 꼭대기가 주저앉고
입구가 허물어져 도굴꾼이 다녀간 뒤,
허망한 자세로 앉아있는 문명의 허상을 보라!

먼지의 랑데부!
티끌 가득한 세상, 어디서 만나 어디로 가는가?
먼지는 어울려 한 줌 흙이 되고
굳어 바위가 되고 산을 이루고, 웅혼한 산맥을 이루었다
물은 아래로 흘러 강줄기를 만들고 산은 그대로
발꿈치를 물 속에 담그고 서로 침범하지 않고
아래로, 멀리 흘러가 골짜기를 만들고
마침내 큰 강을 이루어 바다에 가닿았다
바다는 모든 물줄기를 너그럽게 받아들이고
한 맛으로 서로 뒤섞여 일체의 분별을 없애버렸다

상류도 하류도 없이 모두가 한 물길로 합쳐져
대륙과 대양은 거친 살갗을 맞대고
오랜 세월, 서로 애무하며 지독하게 사랑하였다
처음에는 거칠고 난폭했으나 시간이 흐를수록
부드럽게 깎여나가며 모서리를 죽이고 나자,
이윽고 거대한 모래 무덤을 켜켜이 쌓아놓고
바람의 사자를 위하여 노래를 불렀다
무궁한 세월이 지나고 해안가에 퇴적한
저 사구의 아름다운 사면을 바라보라!
노을에 붉게 타오르는 날카로운 능선을 따라
얼마나 자주 바람의 노래를 따라 속으로 우는지
한 알의 모래가 수억 무더기가 되어
항하사보다 많은 사구가 한없이 부서져 내린다
모래의 바다에 작은 몸을 비비며 출렁이는 물결처럼
붉은 능선이 칼날로 예리하게 그어놓은 듯,
황혼에 물든 사막이 아득하게 드러누웠다
보이지 않는 사막의 길,
하늘을 뒤덮고 시야를 부옇게 가리며,

모래폭풍이 몰려온다!

홀로 모래언덕을 힘겹게 넘으며

지옥의 모래바다에서 억척스럽게 길을 낸다

목마름으로 입술이 하얗게 탄 채,

때로 낙타의 등에 짊어진 가눌 수 없는 무게로

그대로 주저앉고 싶을 때가 많다

모래의 바다는 아득하다

마른 짐승의 해골이 모래 위에 나뒹구는,

여기는 어떤 땅인가?

늘 죽음을 예비하고 있는 처절한 열사의 땅!

사막의 지평선 끝에 아롱지는 신기루마냥

무료한 생애는 일시적인 마취제에 취한 것일 뿐,

삭막하다, 네가 걸어온 생애가 온통 건조하다

하지만 사막을 경험하지 않고는

네가 걸어온 삶의 진정한 의미를 알 수 없다

사막에도 강이 흐른다

지도에는 없는 물길, 와디는 비가 올 때

잠시 탁류가 급하게 흘러 계곡이 깊게 패인 곳,

바람이 새겨놓은 물결에 난 발자국을 따라 걸어보라!
와디는 모래바닥 깊이 물길을 숨겨놓고
얼마나 오래 목마른 자를 기다려왔는지,

사막은 무의 세계다
사막 한가운데 서있으면 한낮의 태양,
밤하늘의 달과 별, 가끔은 모래폭풍이 있을 뿐
낙타는 긴 눈썹으로 모래폭풍을 이겨내지만
넓적하고 두툼한 발바닥은 또 얼마나 뜨거운지
정작 끝없는 사막을 다 알지 못하므로
대낮에 내리쬐는 열기로 담금질하여
모래는 낙타의 발걸음을 더디게 붙잡고
순례자는 모래 섞인 빵을 먹으며 허기를 달래지만
남은 물 자루에는 갈증만 가득하다
낙타에게는 날카로운 이빨이 없어
다른 짐승을 결코 해치지 않지만
그럼에도 아주 강한 이빨을 가지고 있다
오직 되새김질할 능력이 남아있을 뿐,

기나긴 여로가 끝날 무렵
낙타의 육봉은 풍선에 바람이 빠지듯
점점 쪼그라들어 옆으로 재껴져 볼품 없고,
남은 열사의 길은 뙤약볕 아래 아직도 가늠할 수 없다
부옇게 모래를 뒤집어쓴 채 터벅터벅 걷는 사막의 길,
어느새 밤하늘에 별빛이 쏟아지고
대상들은 지친 하루의 짐을 너그럽게 부려 놓는다
모래바닥에 둘러앉아 마두금을 타며
젖을 물리지 않는 한 어미 낙타를 위하여
갓난 새끼를 어미 곁에 끌어다놓는다
낙타의 마음을 후벼 파는 슬픈 곡조
어느새 어미 눈가에 굵은 눈물방울이 흐르며
새끼에게 스르르 다가가 퉁퉁 불어터진 젖을 물린다
지독한 사막에도 생명은 사랑의 꽃을 피운다
사막은 모래와 별의 고향!
별빛이 푸른 밤을 수놓자,
오늘 하루 고단한 여행을 마칠 수 있게 해준
사막의 저 별들에게 노래를 바친다

먼지의 조상인 저 별들을 향하여,
경건하게 꿇어앉아 스스로 겸손해진다

먼지의 연대기

몇 백억 광년을 견뎠을까?

우주의 바다,
아득한 침묵이 출렁이며 흐르고
되풀이되는 밀물과 썰물에 지겹지도 않은지
시간의 파도는 권태를 게거품인 양
거대한 허공의 아가리에 물고 드러누웠다
가끔 우주에는 폭풍이 속을 왕창 뒤집어
한 점 나뭇잎 같은 작은 우주선을 집어삼키고
게으르게 파도의 마사지를 즐긴다
궂은 날, 뭉치고 쑤시는 몸을 시원하게 풀어주는
자기장의 진동마사지기는 우주바다의 필수품,
빛이 출렁거리는 거대한 뱃살,
푹신한 바다의 소파는 나른하다
밤마다 별 떼들이 내려와 우르르 익사하는 곳,
깊은 해구는 미지의 땅,
가스로 뒤덮인 분지, 혹한의 분화구와 협곡,
산호와 해초 사이로 물고기가 헤엄치고

우주 폐선과 온갖 우주인의 유적과 유물들이 수장되어
수천억 광년, 상상을 초월하는 시간의 녹을 먹으며 삭아간다
우주의 바다에 떠도는 수많은 별들,
푸르게 멍든 눈동자들, 하나, 둘, 멀리 떠있고
하늘과 허공이 맞닿은 수평선은 아찔하다
점점이 떠있는 별의 섬들,
무한한 창공은 윤슬처럼 빛나고
눈부신 태양은 붉게 타올라 수평선을 막 넘어간다
우주의 바다에 떠있는 무수한 별들은 섬들의 나라,
섬과 섬은 손을 내밀어 잔잔한 하늘가에 껴안은 채
멀리서 보면 점과 점이 푸르른 돌기처럼 솟아있다
마치 깨끗한 백지에 두어 점 얼룩 같은 것,
우주의 바다에 소름이 돋고
달은 인력에 끌려 깊은 허공 아래 잠겼다가
아슬아슬하게 수평을 유지하다 조금씩 이울고
어김없이 새 달이 뜬다

우리네 인생이여!

살아가노라면 이처럼 우리에게도
밀물과 썰물이 교대로 푸른 파도를 밀어내듯
생의 거품이 허연 배때기를 뒤집고
아우성치며 익사하지 않는가?
미친 여자처럼 눈자위를 허옇게 뒤집고
꼬르륵거리다가 맨바닥에 떨어지는 한 생애,
한 줄기 가녀린 호흡을 위하여
마지막 가쁜 숨을 토하지 않는가?

별들이 찍힌 천상열차분야지도,
뒷목이 뻣뻣하도록 밤하늘을 얼마나 오래 쳐다보았을까?
바다가 잠잠하다,
돋보기를 걸치고 찬찬히 별자릴 찾아
오늘 밤은 그리운 날들을 불러 모은다
너와 내가 폭풍처럼 열대의 뜨거운 밤을 보내고
서로 밀고 당기며 빛의 해류를 따라 흐르다가
우주의 냉혹한 극지에서 온몸이 얼어붙은 나날들,
이제 비로소 말할 수 있으리라!

알 수 없는 자기장과 편서풍을 타고 빛의 파도에 몸을 맡기면
흐르는 모든 것은 아름다웠다고,
우주에 흐르는 저 푸른 몸살들!
그리고 이 행성에 기적처럼,
아침에 일어나 눈뜨면 낮에는 태양을 따르고
밤에는 춤추는 오로라를 바라보며
하늘에 박힌 별을 좇아 항해하는 동안,
'자연'이란 위대한 동반자가 있어 얼마나 행복하였던가?
펭귄 떼와 물범들, 바다꽹이 떼의 호위를 받으며
미끄러지는 돌고래들,
허연 입김과 물보라를 뿜어내며
수면을 스치다가 자맥질하며 튀어오르는,
혹등고래의 꼬리지느러미를 보며 얼마나 경탄하였던가?

제비는 봄을 낳지 못하지만
삼월 삼짇날, 강남에서 제비가 다시 돌아오는 날,
한반도에서 대만과 필리핀 루손 섬, 인도네시아를 거쳐
호주를 빙 돌아 다시 원래의 제 자리로 날아오는

제비의 기나긴 항로,

한로가 지나면 기러기는 북에서 오고

제비는 다시 강남으로 돌아간다

고작 18g의 여린 체구로 이룬 기적을 보라!

그 작은 날개로 상상할 수 없는 거리를 비행하여

제비는 새끼를 기르고 어김없이 제 길을 따라 돌아올 줄 안다

우리의 행성은 너그럽다

지구 자전축, 23.5도의 기울기는 늘 비틀거리고

지표면과 해수의 기온은 점점 달아올라 열꽃이 피어오르고

배출되는 이산화탄소는 이미 그 한계치를 넘어버렸다

멸망의 항문으로 쏟아져 나오는 절망의 배설물이여,

문명이 뱉어놓은 어마어마한 쓰레기들!

우리가 머무는 이 행성과 대기는 오염되고

우리들 모두 오염된 우주먼지가 되어 떠돌고 있다

한 푸르른, 창백한 먼지별,

저 높은 창공 위에 우주쓰레기가 부유하고

이상기후는 곳곳에서 냉엄한 표정으로 끝없이 죽음을 본다

가련한 행성의 묘비명에 무엇을 새길까?

별은 먼지의 어머니,
알 수 없는 아득한 길 따라 우연히 이곳에 이르렀다!
먼지는 별의 자손, 지금 바로 여기, 기적의 땅에서
푸르른 우리의 행성을 지켜라!
다시 우주 밖으로 나아가라!
별의 절대시계를 보라!
목성은 우주가스로 화려한 둥근 장식을 둘렀으나
여기 푸른 점, 창백한 행성의 시계는 너무 초라하구나!
절대반지를 낀 암흑물질이 얼마나 긴 시간여행을 하는지,
먼지 가득한 이 땅은
달팽이 뿔 위에 잠시 머무는 시간,
1961년 4월 12일, 우주비행사 유리 가가린이
지상 302㎞의 우주에 올라갔다, 비행시간은 108분,
인류가 처음 우주에서 지구를 본 시간이다
달나라로 가는 우주선,
셀 수 없는 별들의 중간기착지인 우주정거장에서
적막한 창공 너머 지구를 바라보면
쭈글쭈글한 뱃살을 드러낸 사막이 있고

무당벌레가 싼 똥처럼 보이는 사구와
가는 명주실처럼 구불구불한 해안선이 보인다
고물고물 기어가는 자벌레 같은 점들,
끊어질 듯 이어진 먼지가 쌓아올린 만리장성이여!
찾아도, 찾아도 사람의 것은 보이지 않는다
사람이 이룬 것은 보이지 않는다
모두 먼지의 무덤이므로,
질시와 욕망으로 쌓아올린 바벨탑이여!
사람들이 한 종족이라 말이 같으니
이것은 사람들이 하려는 일의 시작이라,
앞으로 하려고만 하면 못 할 짓이 없겠구나
당장 땅에 내려가 세상의 말을 뒤섞어
모든 땅에 사는 사람들을 흩어놓았으니
그 도시의 이름을 '신의 문'이라 불렀도다

탐욕의 사상누각이여!
하늘과 땅에 자욱한 잿빛 우울과
솟구치는 허영의 초고층 콘크리트 덩어리들,

우상의 동굴 속에 숨어들어
멸망의 무덤 속으로 기어드는 먼지의 족속이여!
너희들은 감정의 복제기술이 뛰어나다
언짢거나 짜증이 나면 참지 못하고
도미노처럼 차곡차곡 쌓았다가 한꺼번에 허물어지듯
도박장에서 올인하는 미친 손가락놀음으로
폐허의 파국을 초래하고 말겠지
눈을 뜰 수 없도록 푸른빛이 감도는 흰색 섬광,
순식간에 버섯구름이 공중에 붕 떠오르는 진동과 방사능,
광기어린 지구 종말의 핵폭탄은 거대한 도미노 게임!
어느 한 찰나에 가공할 극초음속 핵무기로
핵폭풍을 일으켜 모두 먼지가 되려느냐?

먼지로 일어선 자,
먼지로 멸망하리라!

지금, 먼지의 독백

태양의 랜턴이 처음 불타고 난 뒤
이 땅에 먼지의 족속이 흥하고 멸망하길,
문자가 생기기 전, 여러 번 되풀이하였다
두루마리 화장지가 풀려나가듯
먼지가 쏟아낸 오물로 더럽혀진 휴지들,
얼마나 새로 갈아 끼웠는지 모른다
오욕과 더러움으로 넘친 치욕의 시대,
저주받은 침묵의 대지는 갈가리 찢기고
곳곳에 전염병처럼 야만이 무섭게 창궐하였다
악몽이 계속되고 지구촌은 몸살을 앓았다
블러드 다이아몬드, 식민지 정복자의 골드러시,
불타는 천연가스 파이프라인, 파괴된 석유 시추공,
온갖 자원의 저주는 멸망을 재촉하고
희토류에 쏠린 핏발 선 눈동자,
광기의 소용돌이에 노예의 땅이 울부짖는다
전략자원을 향한 무자비한 쟁탈전,
첨단산업에 유용하지만 탐욕은 저주를 부르고
미래에 저 우주로까지 피비린내를 풍기리라

허망한 욕망은 피를 먹고 자라는가?
파리와 뉴욕 명품거리에 진열된 보석들,
식민지 채굴장에서 캐낸 어마어마한 금괴들,
부호와 권력자의 비밀금고에 잠자는 다이아몬드,
허영은 겉으로 빛나지만 진한 피 냄새가 배어있다
아, 욕망의 그늘이여!

세상의 시간은 어둠의 연속인가?
지상에 참회의 기도나 구원의 손길은 사라지고
무자비한 야만의 폭력으로 다른 종족들을 억압하여
노예로 부리거나 서로 잡아먹고,
인신공양의 제물로 바치기까지 하였다
까마득한 날, 원시의 유인원이 왔다가고,
돌주먹과 돌도끼로 수렵채취 하던 동굴의 시대
고인돌로 족장의 무덤을 만든 추장의 시대를 지나,
청동거울로 권위를 부여한 국가시대에서
작물을 경작하고 정주한 농경시대로,
먼지의 시간은 숨 가쁘게 달려왔지만

우주의 깊은 시선으로 보면 제자리 뛰기를 했을 뿐,
외로운 행성은 어김없이 제 궤도를 따라 돌았다
그때까지만 해도 그런대로 괜찮았다
어느 날, 불가사의한 한 미치광이가 나타나
자서전 '나의 투쟁'에서 집단최면을 역설하였다
반유대주의 폭압의 무력으로 인종을 가르고
홀로코스트로 가스실에서 대량살육을 자행하였다
이미 세상에는 신도 종교도 사라지고
자비와 사랑과 예의와 염치, 도덕도 모두 사라지고
핏발선 눈동자를 한 야만의 종족이 번성하였다
핏물이 뚝뚝 지는 타인의 살을 우적우적 씹는
인간에 대한 예의는 눈곱만치도 없는
미치광이가 득세하여 살아가는 이상한 곳이 되었다
먼지의 입으로 먹고 먼지의 항문으로 싸는
오직 오물 질척거리는 저주의 땅이 있을 뿐,
멸망의 길을 좇아 죽음을 재촉하는 족속들!
인간의 길을 버리고 짐승의 길을 따르며,
부끄러움이라곤 전혀 없었으니,

삶의 길을 따르지 않고, 진리의 길을 외면하고,
미친 듯 죽음의 구렁텅이로 휩쓸려 들어갔다
불안한 전망과 불투명한 시대를 아파하며
비운의 역사가는 이 시대를 정의하길,
미치광이의 시대,
폭풍우가 몰아치는 고통의 바다에 핏물이 넘쳐
소용돌이치는 광분의 시기라고 한다

나는 고백한다!
내가 만지는 모든 것은 폐허다
내가 먼지를 만지면 먼지가 썩고
내가 꽃을 만지면 꽃이 썩어버리고
내가 포도를 만지면 포도가 썩어버린다
세상이 인식되는 순간 모두 썩고 만다
나의 손을 벗어나, 인식의 밖에 내버려두면
태초의 자연 그대로 순수하지만,
나의 손은 멸망을 재촉하는 쇠갈고리
뇌와 손가락의 거리는 우주보다 멀다

어느 한쪽을 잘못 건드리면 멸망이 올 뿐,
핵단추 위의 손가락에는 눈이 없다
검은 핵 가방, '뉴클리어 풋볼'에는 가슴이 없다
오직 타격목표와 안전벙커 리스트, 휴대용 무선기,
암호 인증장치가 들어있을 뿐,
대통령이 가진 공인인증카드, 비스킷은 위태롭다

지금 우리는 어떤 모습으로 살고 있는가?
좀 더 전망이 나아졌는가?
티끌만큼이라도 생각이 자유로운가?
더욱 지혜로워졌는가?
우물쭈물 생각만하다가는 기회를 놓치고 말 뿐,
부디 생각의 뒤를 쫓아가지 마라!
마치 주인이 던진 뼈다귀를 잡으러 뛰어가는
개가 되는 것과 같다
개가 되지 말고 차라리 사자가 돼라
사자의 시선은 막대기가 아니라
늘 막대기를 던진 주인을 향하고 있다

오늘도 사람들은 사람답게 죽지 못하고
그야말로 자연, 그대로인 흙과 물마저
제 본성을 잃고 폐허에서 통곡을 삼킬 뿐,
자연은 자연스럽지 못하고 사람은 사람스럽지 못하다
지금, 사람뿐만 아니라 소와 양, 닭 등 가축들과
산짐승들조차 이상한 역병이 들어 떼죽음을 당하고,
먼지의 세상은 더 혼탁해져 사철 늘 푸르던
산과 강, 호수는 메말라 바닥이 갈라지고,
병충해에 감염된 숲은 사라져 새가 깃들 곳조차 없다
꿀벌들이 보내는 무서운 신호를 아는가?
이 땅에 오랜 친구인 벌떼들이 사라지고 있다
알버트 아인슈타인은 꿀벌이 지구에서 멸종한다면
인류는 4년 안에 사라지리라 예언했지만,
벌은 결코 제 벌통 안에서는 죽지 않아!
집을 깨끗하게 해서 애벌레와 집단을 지키려고,
병에 걸리면 심지어 날개가 부러져서 기어나가더라도
밖으로 나가서 조용히 죽지
세계 식량의 1/3 가량이 꿀벌의 수분에 의존하므로

벌이 사라지면 수정하지 못한 생명들이 죽고 만다
마침내 사람과 짐승들이 마실 물도 말라버리고
곡식조차 걷을 수 없어 한 톨의 양식도 구하기 힘들다
점점 재앙은 또 다른 재앙을 몰고 끝없이 치달리고
못난 생각으로 사람들의 정신은 황폐하게 되었다
세상은 끝 모를 데로 이끌려가고 있다
누가 이끄는 지도 모르고,
머지않은 멸망의 시간을 향하여 내달리며
전망은 어둡고 시야는 가려졌다
희망은 절망의 뒤에서 늘 주저주저하고
결단은 늘 우물쭈물하다가 때를 놓쳐버렸다
세상에는 오로지 낡은 이념의 노예들이 득실대며
눈먼 우상을 섬기고 있지만,
남은 시간은 학대와 고립으로 생명이 무시되었다
무엇을 위하여 계급이 있는지, 오직 먹고 살기 위하여
왜, 모두 멸망의 길을 따르고 있는지 아무도 몰랐다
상대를 향한 독설을 내뱉고 좁은 시선으로 세상을 읽을 뿐,
시간은 빈껍데기의 역사로 기록되었다가 희미해지고

살찐 공간은 먼지의 퇴적과 붕괴를 반복할 뿐,
오직 이방인의 언어로 성스러운 신전을 더럽힌 채,
사이비 예언자는 우상을 위해 구름과 바다에서 세례를 베푼다
아흔아홉이 굶주려도 나만 배부르면 그만인 세상,
한쪽의 패자는 굶주려 뼈만 남아 퀭한 눈알로 비실거리고
다른 쪽 승자는 살찐 소파에 파묻혀 먹고 토하며,
피둥피둥한 시간의 권태를 게으르게 즐겼다
신명이 오른 무당은 구원의 주술을 걸어
북을 치고 빙빙 돌며 감전되듯 접신을 하지만
숲 밖으로 쫓겨나 산 채로 사로잡혀
가죽이 벗겨진 채 잔인한 죽음을 당하고,
버려진 시신은 뱃속에서 부패하여 구더기가 들끓고
낱낱이 더러운 오물로 변해 다시 흙으로 돌아갔다
샤먼의 시대가 지나고 신전의 시대를 지나,
무자비하고 냉혹한 계절이 도래하였다

강철의 시대가 오자,
무쇠로 만든 차가 레일 위를 달리고

시조새처럼 생긴 쇳덩이가 하늘을 날고
바다에는 무거운 쇳덩이가 떠다니기 시작하였다
이념이 서로 다른 대륙과 대륙 사이에는
가공할 극초음속으로 날카로운 쇳덩이가 날았다
시간을 재는 초시계와 길게 이어진 컨베이어벨트,
무지막지한 노동의 파도가 산더미처럼 몰려올 때
한 개비 담배를 피울 잠깐의 휴식도 용납되지 않는
무자비한 착취의 시대가 다가왔다
보이지 않는 카스트는 더욱 견고해져
브라만은 밤마다 바라나시의 가트에서 불 밝혀
힌두신에게 경배와 찬송을 올리지만,
불가촉천민은 제 흔적을 지우기 위하여
더러운 빗자루로 제가 지나온 길을 쓸어냈다
먼지처럼 떠다니는 미미한 차별,
마이크로 어그레션이 세상 곳곳에서 벌어진다
종소리가 빛나던 광장에는 함성과 구호가 난무하고
화염병과 투석전은 스크럼을 짜고 돌진한다
플래카드는 불평등, 불공정, 부정과 부패를 향해

갑과 을의 투쟁을 외치는 일시적 구호일 뿐,
가진 자의 무기는 법과 최루가스로 더욱 공고해졌다
오직 돈을 따르는, 검은 털이 잔뜩 덮인 법은 정의롭지 않고
물렁한 비계덩이를 두른 공정과 관용은
다만 법전에 선언적으로 규정해 놓은 장식품일 뿐,
힘없는 을은 허공에 매달린 현수막이나 쳐다보며
오지 않는 희망을,
'고도'를 기다리다가 일생을 마친다
마치 장기판에서 졸로써 졸을 막아내듯,
갑은 절대로 제 손에 피를 묻히지 않고
을을 불러 다른 을과 싸우도록 은근히 부추겼다
모든 싸움은 을끼리 갈라치기 해서 피를 보게 하거나
심지어 아바타를 심어 대리전을 치르게 하였다
갑은 갑끼리 무진장한 시간의 쾌락을 누리고
늘 갑의 언덕 위에는 승리의 깃발이 나부꼈다

이제 나를 만지지 마라!
나는 바로 지금 내가 누구인지도 몰라,

오늘 아침 내가 누군지 알았지만
지금 벌써 나는 몇 번이나 변화를 겪었으니까
나는 조금 전의 내가 아니다
집단지성으로 연결된 동시성의 공동체,
이 지구촌에 신기술은 한꺼번에 쏟아지고
우리가 만나는 것은 오직 타자의 이미지일 뿐,
그러므로 촉지적인 미디어는 마사지다
지금 세상은 사이버스페이스와 가상현실로 비접촉의 시대,
패스트푸드 주문은 기계식 '키오스크'로 트렌드가 되고
넷플릭스, 리그오브레전드로 외로운 시간을 달래고,
포르노와 펫 로봇, 리얼아이돌로 섹스의 체험을 대신한다
메타버스, 인공지능, 빅 데이터, 로봇과 사물인터넷, 가상현실,
기술 긍정의 효과 뒤에 숨은 야만의 촉수들!
결국 디지털 문맹으로 전락한 다수의 대중들,
음침한 빅브라더의 무시무시한 감시와 통제,
검은 촉수는 끝없이 시민의 움직임을 낱낱이 잡아낸다
시장의 소문을 한통속으로 빨아들이는 거대 집진기,
불온한 사상을 체포 구금하는 진공청소기,

찌라시로 뒤덮인 길을 압착하여 뭉개는 콤비로라,
이제 자유는 자유롭게 머물 곳이 없다
겉으로 으리으리하게 번쩍이는 스카이스크래퍼들
하늘을 나는 새들에게 유리창은 죽음의 벽,
글래스 킬로 부리와 머리가 깨져 죽는 새떼들,
오류를 쉽게 인정하지 않는 완고한 교조주의,
자신의 허물은 조금도 용납하지 않는 결벽증의 시대,
수평이 아니라 오직 수직으로 상승하는 시대,
하류는 시궁창 속에서 늘 눈치나 살피며
천대받는 쥐새끼처럼 죽음의 끝으로 내몰리지만,
상류는 신이 추방된 신전에서 내려갈 줄 모른 채
기를 쓰고 악착같이 붙들고 있는 저것이 문제다!

저것은 무엇인가?
결코 오지 않는 고도를 기다리며
불안한 무게 중심은 오직 위로 올라가고
불안정한 사태는 늘 좌우가 흔들린다
이념이 흔들리자 사람이 흔들리고

좌측과 우측은 끊임없이 갈라져 싸우고
모두 얼이 빠져 갈팡질팡한다
중심을 잃은 저울,
관성으로 치달리는 세상,
하늘의 외침을 듣고 뼈저린 각성을 한 적 있는가?
세상은 쓰레기통, 더러운 욕망이 부글거리며 썩어가는 곳,
선악을 가르고, 빈부를 가르고, 귀천을 가르고, 계급을 가르고,
세대와 남북과 동서를 가르고, 사사건건 일체를 분별하므로
세상의 모든 가치는 뒤죽박죽 중도를 모른다
세상이 어디 아름답기만 한가?

뉴턴의 사과는 중력을 말하지만,
흙을 뚫고 솟아오르는 저 연약한 녹색의 새싹을 보라
중력을 거슬러 찬란한 생명력을 보여주고 있지 않은가!
너도나도 남을 밟고 올라서야 하는 잔인한 무한경쟁의 시대,
가지면 가질수록 더욱 허기만 몰려오는 탐욕의 시대,
미처 따라가기에도 숨 가쁜 초기술 격차의 시대,
지금 시대는 불우하고 암울하다

서로 마주보고 대화할 수 없어 마스크를 써야하는
코로나 바이러스 팬데믹의 침공,
기후변화로 인한 환경재앙과 포경선을 반대하는
그린피스를 향하여 무자비하게 물대포를 분사하고,
구조를 원하는 난민보트를 뻔히 지나쳐 수장시키고,
세상은 지금 점점 잔인해져 가고 있다
우리는 외면하고 무관심에 점점 익숙해졌다
지구의 적정체온은 점점 올라가
이제 인간의 체온계로는 감당할 수 없으니
아, 멸망의 전조현상이 세계 곳곳에서 일어나고 있다!
조만간 지구온도가 1.5도만 더 올라가도
기후변화로 종말을 맞이하게 될 지도 모른 채,
온 우주가 혼돈의 소용돌이 속으로 빨려들고 있다

지구 온난화의 티핑포인트를 지켜라!
이미 한계를 넘어 너무 늦었을지 모른다
화석연료로 배출되는 온실가스를 획기적으로 줄여
탄소중립을 앞당겨 지키지 못한다면,

붉은 지구의 재앙을 맞으리라!
한 치 앞도 보이지 않는 시계 제로의 시대,
세계사의 흐름도, 우주의 질서도
죽음으로 가는 길 위에서 비틀거리고 있다
곳곳에서 벌어지는 지진과 쓰나미, 화산 폭발,
가뭄, 홍수, 산불, 토네이도, 싱크홀, 해수면 상승으로
주정뱅이 대지가 내지르는 악다구니와 광기,
무엇보다 무서운 건 냉담한 시선과 냉소가 던지는 무관심
우주의 먼지로 태어난 우리의 친구들,
우주먼지가 되어 다시 고향으로 돌아가야 하는 시간,
최소한 지금, 바로 여기에서
우리가 통제할 수 있는 것부터 시작해야 한다
나쁜 결정을 멈추어야 한다
멈춤은 첫걸음을 떼기 위한 숨고르기,
진실을 만나기 위하여 다가가는 한 걸음,
솔직히 인정하고 더욱 겸손해야 한다
현실을 직시하지 않고서는 지속가능한 성장에
아무런 대안이 있을 수 없기에 더욱 시간이 촉박하다

우쭐하거나 우물거리거나 둘 다 죽음으로 가는 병이 될 뿐,
고개만 갸우뚱거리다가 제 시간을 놓치면,
기울어진 우주의 운동장에서 우르르 한 쪽으로 쏠려
모조리 블랙홀로 빠져들어 암흑물질이 되고 말리라

어리석은 족속이여!
마침내 우려하던 시대가 도래하니
멸망으로 드는 문이 활짝 열렸구나!
어리석은 먼지의 제국이 천하를 정벌하였다
목마르면 물을 마시러 오던 웅덩이 근처,
온갖 생명들이 사라져 죽어나가는 저주의 땅
연둣빛으로 살아 꿈틀거리던 미물마저 말라죽자,
먼지의 제국에 생명체라고는 찾아볼 수 없다
오직 메마른 사막만 식민지로 거느릴 뿐,
비로소 잔인한 황제가 외쳤다
나는 짐이다!
먼지의 제국에서 오직 나를 섬기고 따르라!

한때 보리수 아래,
고행으로 바른 자비의 깨달음을 얻은 수행자와
오직 사랑으로 부활을 외치며
오른 뺨을 맞고도 왼쪽 뺨마저 내주던 선지자가
잠깐 먼지의 땅에 다녀간 적이 있으나,
동굴의 우상이 되어 날뛰던 온갖 미치광이들
시끄러운 시장에서 우매한 군중에게 가짜 상식을 팔고
그게 우주의 평균율이라고 떠들었다
신전의 중심에 하느님을 모시고
오직 찬송의 글로리아를 노래하던
신성의 믿음을 섬기던 청교도의 시기를 지나고,
'나 자신과 타인의 인격을 수단으로 쓰지 말고
언제나 동시에 목적으로 대하라'
칸트가 말한 순수이성의 시대를 지나,
영원회귀, 신의 죽음, 초인을 외치며
니체는 '도덕'이라는 가장 심각한 오류를 자각한
최초의 인간, 자라투스트라를 패러디하였다
그 외로운 외침을 들으며 불경스럽게 "신은 죽었다"고,

한때 신을 부정하며 오직 사람의 길을 찾았다
팽창하는 우주의 아드레날린,
아무 말 없이 적막한 허공을 밝히기 위하여
제 곁에 자리를 내주며 별의 환호성을 재촉하였다
다른 별 떼들이 잘 살 수 있도록
지독하게 이웃을 사랑하던 그리운 시절이 지나고,
이제 이 외로운 행성에서 불우한 한 예언자가
은둔의 동굴에서 홀로 중얼거린다
먼지는 땅을 짚고 일어서서 결국 땅에 엎어져 사라졌다

먼지는 먼지로!
티끌에서 티끌로!

먼지의 제국

태초에 광야에서 먼지가 일어섰다
사슴 세 마리가 땅 위에서 달리는 모양을 본떠
국호를 '진'이라 하니 대개 '먼지'란 뜻이다
사방 변경 밖은 오랑캐라 칭하고
황토고원을 중심으로 국경의 기준으로 삼았다
물 한 섬에 황토가 여섯 말,
황토가 뒤덮은 메마른 황무지에서
모래폭풍이 수천 년 동안 바람 타고 몰려와
퇴적과 침식을 반복하여 어머니의 강, 황하가 생기고 나서
비로소 황제가 누런 제왕의 어의를 입기 시작하였다
제국이 건설되고 나라에는 엄중한 비밀이 있었으니
황제의 겨드랑이에 용의 비늘이 돋은 것이다
누구라도 이 비늘을 건드리면 죽음을 면하지 못하리라
사서에 전하길, 이를 '역린'이라 하니
세상 사람들이 모두 두려워하였다
진토를 건국한 황제는 무자비하였으니,
먼지처럼 휘몰아치는 용맹한 기병 군단을 몰고
인접한 나라로 정벌을 나서 세상을 부옇게 먼지로 뒤덮었다

땅에 존재하는 사람이 세운 모든 유적과 유물과 신전들,
그 허망한 흔적들은 모두 파괴되어 사라지고
시간의 두꺼운 퇴적 아래 깊이 매몰되었다

역사를 잊은 먼지의 족속들이여!
네가 아무리 먼데서 와서 살더라도 한 하늘 아래다
네가 평생에 만났던 형제와 친구는 과연 몇인가?
무수한 동식물들, 바위, 산, 강과 바다,
숲과 늪들, 유정, 무정의 별의 자손들,
그 이름을 알고 불러보았느냐?
부를수록 사랑스러운 걸 아느냐?
폐허의 하늘가 무상한 구름이 천년 동안 흐르고,
먼지의 왕국에는 소유권이 인정되지 않고
신민의 자유와 권리는 일체 무시되었다
태어나서부터 천부적 억압의 굴레를 견뎌야 하고
출생신고서는 아예 없다
한낱 먼지로 전체주의적 집단노동을 통하여
모든 생산물은 공평하게 분배되고

나라의 소금과 금은 오직 왕의 것이며
그 독점으로 어리석은 백성을 통치할 힘을 얻는다
먼지 왕국의 국체는 겉으로 전제군주국이지만
실제는 원시왕정이며, 국법은 먼지의 토대 위에
공동생산으로 단결하여 노동만이 유일한 가치다
계급을 부정하며 신성한 노동을 통해 봉사하고
일용할 양식을 얻어 기본적 생활을 영위한다
모든 수확물에는 조세가 따르며
가공, 유통하면 또 다른 부가세가 따라 붙는다
나라의 창고는 미어터지고 백성의 살림은 텅텅 비니
굶어죽은 귀신들 주검으로 성을 쌓았다
수만 리가 넘는 성곽을 죽은 사람의 뼈로 다지니
'해골장성'이란 별명이 붙었다
먼지의 왕국에 학교는 쓸모없으며
우매한 민중을 위한 교육은 불온하다
사이비 지식인이 왕국을 전복하려는 혁명을
막기 위하여 왕국의 글과 말을 모조리 태워버렸다
지식을 용납하지 않는 왕국에는 도서관이 없다

오직 먼지의 황제가 내린 칙령이 있을 뿐,

생각과 말은 하나로 일치되어 황제를 우상으로 섬길 뿐,

빛 좋은 개살구처럼 마그나 카르타에 선언한대로

왕국은 황제의 제국으로 고유한 지위를 누리므로

모든 백성의 생각과 손발을 일사불란하게 묶었다

먼지의 신민들은 지혜로워 먼지와 먼지끼리

평등, 자유, 공정이란 가치로 뭉쳐 나라를 이루었지만

제국의 언어는 의미를 뒤집어야 뜻이 통하니,

지혜는 어리석음으로, 평등은 불평등으로,

자유는 억압으로, 공정은 불공정으로,

고쳐 읽어야 한다

제국의 언어는 누구라도 내뱉는 순간 살기를 띤다

형벌은 가혹하고 자비는 없다

판단은 오직 황제가 하므로 제국의 영광은 영원하리라!

이에, 먼지에게 어떤 수식어가 더 붙으랴!

먼지 앞에도, 뒤에도, 위에도, 아래도

오직 먼지 밖에 없으므로,

이미 왕국은 지옥의 아수라 그 자체다

처음 이 땅에 태어나면 모두 흙 수저를 물고
흙에 뒹굴며 하루, 하루, 힘겹게 죽도록 일해야 한다
가끔 수저를 바꿔치기한 별종이 있으니
그건 오직 먼지 왕국의 순종인
제왕의 계보를 이은 백두혈통 뿐,
먼지왕국의 신민들은 눈초리가 날카롭다
뱃가죽은 등에 착 달라붙고
체적은 볼품없어 바람만 불어도 날아가 버린다
먼지는 고문에도 끄떡없이 잘 견디며
자신의 존엄한 가치는 전혀 모른다
평생 먼지투성이가 되어 지상에서 떠돌다가
무덤 하나 없이 어느 이름 없는 황량한 골짝에서 숨진다
제 입으로 우물거리는 신음 외에는
일체의 발성법은 평생 두 번 뿐,
태어날 때의 첫울음과
죽을 때 어머니를 부르는 희미한 소리뿐,

먼지의 혀는 거대하다

아무것이나 다 빨면 아가리 속으로 휩쓸려 들어간다
혀는 제 몸집을 불리는 유일한 수단,
먼지의 혀는 결코 닳지 않는다
빨면 빨수록 흡인력은 세지고 형제끼리 들러붙어
대단한 결속력으로 강력하게 영토를 확장해나간다
마침내 무적의 왕국이 되어 우주에서 별을 만들어내는
생산기지를 수천억 광년 전에 세웠다

팍스 스텔라!
불안한 평화에 의한 별의 지배,
평화는 일시적인 행성이 내보내는 은밀한 신호,
암울한 조짐은 자연현상으로부터 시작되었다
지진, 가뭄, 폭염, 산불, 폭우, 태풍, 혹한, 바이러스,
무자비한 재앙으로 생명의 질서는 점점 무너졌다
평화의 전제는 인간조건의 평화일 뿐,
얼마나 위대한 종족인가!
때로 초신성이 폭발하여 빛을 내뿜었지만
왕국을 지키는 성채에 밝힌 횃불만도 못하였다

우주의 성간물질로 황궁을 두르고

황제의 무덤에 납과 수은을 채우고

변방의 오랑캐를 막기 위해 만리장성을 세우고

별의 분화구마다 가공할 투석기를 전진배치하고

검은 창공에는 무서운 적막의 해자를 둘렀다

우주 곳곳에 위성도시를 건설하고

은밀한 네트워크로 연결하였다

비밀스런 별의 프락치를 곳곳에 숨겨놓고

플랫폼마다 불온한 별의 음모를 감시하였다

적대적인 충돌로, 무서운 속도로 달려드는 별을 파괴하고자

호시탐탐 지하에 지뢰를 묻어놓고 먹잇감을 기다렸다

가끔 운석과 유성의 흔적이 이걸 증명해주지만,

결코 어떠한 정보도 공개한 적이 없다

별의 왕국에 황제가 다스리는 유일한 통치원리는

별로써 별을 제압하는 것이다

거대한 인드라의 그물이 연결되자,

먼지별의 이웃은 까맣게 이 사실을 모른 채

냉담하게 서로 깔보고 시비하며 피비린 전쟁을 일으켰다

먼지의 대척점에서 일어나는 서로 다른 두 사건,
실로 연결된 일인데도 까마득히 알지 못했다
한쪽에서 나비가 날자, 그 날개의 움직임으로
다른 쪽에서 거대한 폭풍이 일어나는 사실을 알지 못했다
먼지왕국에서 북두칠성은 하찮다
누구도 관심을 가지지 않는 변두리 끝에 들러붙어
기생하는 노숙의 별일 뿐,
태초 순수의 시대, 방향을 가리키던 빛나던 별이여!
그 별을 따라 순례의 여정을 가던
머나먼 조상들이 있었으나 전설로 전할 뿐,

지금은 나침반이 실종된 시간,
먼지왕국의 하늘은 창백하다
사람들은 외롭고 연약하다
수많은 80억 먼지 떼를 먹여 살리기 위하여
먼지는 다시 새로운 길을 찾아야 한다
먼지의 미래는 어둡고 불투명하다

달은 이미 오염되고
기억의 저편 창공에는 우주쓰레기가 떠다니며
먼지의 여행을 위협하고 있다
먼지는 가공할 무기를 가지고 서로 으르렁거리며
최후의 일전을 불사하기 위하여
서로 적대적으로 상대를 겨누고 있다
핵을 실은 먼지가 다른 먼지를 향하여
순항하는 아주 짧은 찰나,
어리석음으로 버섯구름으로 결딴나고 마는,
기어이 멸망을 부르는 먼지 왕국이여!
광대한 우주의 다락방에서 홀로 엎드려 흐느끼며,
누가 기도하는가!
누가 가난한 마음으로 경건하게 우주를 노래하는가!
태초에 별의 광야에서 플라즈마의 광휘를 뚫고
먼지가 일어났듯이 지금 여기, 누가 일어나 외치는가!
먼지여! 먼지여!
지혜가 먼지처럼 풍성하기를,
진리가 먼지처럼 일어나기를,

자비가 먼지처럼 널리 퍼지기를,
위대한 먼지의 승리자여!
부디 우주의 은혜가 별처럼 빛나고
정의가 은하수처럼 흐르기를,
오늘도 누가 외로운 길을 간다
허무의 시간 위에서 쓰러지지 않고
억척스레 제 길을 개척해간다
먼지는 상상력이 뛰어나다
이성과 집단지성으로 무장한 먼지 떼
비록 하나, 하나는 아주 힘없고 연약하지만,
서로 어깨를 나란히 대고 손잡고 벌이는 투쟁은 아름답다

기억하라! 1991년 8월 23일, 저녁7시,
발트 3국 에스토니아, 라트비아, 리투아니아
세상에서 가장 긴 인간 띠를 만들어 자유를 외쳤다
독립을 쟁취하기 위하여, 세 나라의 수도
탈린, 리가, 빌뉴스를 오직 두 팔로 이어서
무혈의 노래하는 혁명을 성공으로 이끌었다

마치 바닷물을 숟가락으로 퍼내는 일 같지만,
무려 200만 명이 서로 손에 손을 잡고
길고긴 600km 인간 띠를 형성하여 독립을 성공시켰다
일제히 성당의 종이 울리자, 자유를 외치고
손에 손을 잡고 노래하며 춤을 추었다
모두 '자유'라는 한 뜻으로, 세 나라 언어로
각각 '비바두스', '브리비바', '라이스베스'라 외치며,
살상과 학살이 난무하는 잔혹한 전쟁을 끝내고
평화로운 화합에 대하여 은은한 메아리를 울렸다
평화의 노래는 마음속에 핀 꽃,
그러므로 어느 누구도 꺾을 수 없다
사람의 마음속에는 제각각 마음의 꽃이 핀다
그러므로 고유한 색깔과 향기를 가지고
바람에 흔들리는 연약한 존재지만
어떠한 차별도 없이 이 땅에서 빛나는 마음의 꽃,
마음에 피운 꽃은 모진 겨울이 오더라도,
거센 폭풍우가 몰려와도 제 자리에서 꽃을 피우고
심지어 차가운 쇠를 녹이고 빗발치는 탄환을 비켜간다

시간을 되돌린다 해도 우리는 똑같이 옳은 일을 할 것이다
자신을 인간이라 부를 용기가 있는 사람이라면
누구나 그럴 것이다

1930년, 마하트마 간디가
시간의 물레를 돌리며 '소금 행진'을 시작한 날,
발에 물집이 잡히고 터지도록
이십여 일이 넘도록 걷고 또 걸으며
야만의 얼굴을 향하여 비폭력을 외쳤다

"폭력이 짐승의 법칙이라면 비폭력은 인류의 법칙이다"

1963년, "오늘 나에게는 꿈이 있다"고 호소한
마틴 루터 킹 목사의 연설문을 다시 읽고 외친다

"나는 언젠가는 조지아 주의 붉은 언덕에서
옛 노예의 자손들이 옛 노예 소유주의 자손들과 함께
형제애의 테이블에 앉을 수 있게 되리라는

꿈을 가지고 있습니다"

먼지의 사람들이여!
먼지로 와서 떠돌다가 결국 먼지로 되돌아가는
사랑스러운 먼지의 후손들이여!
제가 먼지에 지나지 않는다는 걸 절절하게 깨닫되,
결코 한탄하거나 기죽지 말라!
불평하지도 말라
서로 두 손을 모으고 마음에 꽃씨를 뿌려라
서로 적대적으로 겨누는 총구에 꽃을 꽂아라
그리고 평화의 노래를 불러라!
지금 여기, 허공에서,
지상의 통곡이 가슴 저미도록 울려 퍼진다
인생의 가장 큰 영광은
결코 넘어지지 않는데 있는 것이 아니라,
넘어질 때마다 일어서는데 있다
다시 티끌 자욱한 땅을 짚고 일어서는 것이다
도전과 응전의 과정에서 과거와 현재의 열린 대화를 위하여 두 눈 부릅뜨고 역사를 다시 읽어보라!
이제 귀를 열어라!
더 연약하고 소외된 이웃을 향하여
부디 두 귀를 쫑긋 세우고 먼지의 왕국에 봉헌하라!
부디 네 스스로 양심의 소리를 들어라!
아무도 귀 기울여 듣지 않는 한 예언자의 노래를,
메시지는 진실해야 한다!
피가 울부짖고 뼈가 떨리도록,
뼈끝까지 내려가 오직 진실만을 말해야 한다
바벨론에 포로로 끌려간 유대민족이 돌아오리라고 하느님이
약속하시니 예레미야의 예언이다
눈물의 예언자 예레미아는 소 멍에를 메고 다녔다
그래서 사람들이 물었다

"왜 그러고 다닙니까?"

"장차 이런 일이 일어나리라"

가을의 연서

먼지는 가을을 타고 온다
쓸쓸한 마음이여, 갈 곳을 잃어 방황하는가?
지상에 고요히 내려앉고 싶은지
하염없이 날아 공중에 떠다니며 제 자리를 찾는다
하지만 지상의 어디에도 네 조그만 몸이 쉴 수 있도록
배려하기 위하여 선뜻 의자를 내주는 곳은 없다
먼지의 새떼들!
마음 쉴 데 없이 낯선 땅으로 한없이 날아가
천지간 모르는 사람의 집 처마 아래
똑, 똑, 문을 두드려보지만 문은 열리지 않았다
찬바람 부는 맨바닥에 쪼그려 앉아
깜깜한 밤 쟁여온 설움 한 모금,
외로운 먼지끼리 가녀린 어깨를 맞대고
서로 보듬어 생각의 크기를 점점 부풀리다가
어쩌면 내일 새벽, 혹은 아침이 되어
눈부신 대지 위에 따뜻한 햇살이 떠오르면
눈가에 어린 눈물을 말리며 다시 길을 떠날 지도 모른다
네 마음의 야영지를 찾아 발가락이 부르트고

발바닥에 물집이 잡혀 걸음마다 쓰라려 아플지라도
순례의 여정을 포기할 수 없으니까,

노숙하는 밤,
유성을 따라 흐르는 은하수,
개울가에 앉아 별자리를 짚어가며 우주의 깊이를 생각한다
물병자리, 전갈자리, 궁수자리, 황소자리, 쌍둥이자리,
게자리, 염소자리, 처녀자리, 남극성, 북극성,
먼 별들의 이름을 일일이 불러보지만
흐린 시야에 들이치는 별들은 극히 일부일 뿐,
익명의 별들은 상상 속에 잠시 머물다가
금방 어둠 속으로 사라질 뿐,
아득한 별의 교실, 도감에 보이는 별자리들의 이름!
옛날 초등학교 시절, 초롱초롱한 눈동자들이 생각난다
점과 점을 이어 별을 그리던 아름다운 시절,
그때 같은 반 친구들 이름을 떠올리며
반짝이는 별자리를 하나, 하나, 불러본다
우리 행성, 지구가 속한 은하계보다 먼 우주에는

보이지 않는 이름 없는 별 떼들이 얼마나 많을까!
밤의 정적이 순례자를 깨우지만
우주의 먼 곳에서 들려오는 나지막한 음성,
도란도란 귓가에 알 수 없는 노래를 불러준다
천지간에 나 홀로 앉아 깊은 명상에 들면
우주는 메마른 낙엽소리를 낸다
구르는 낙엽이 내는 바스락거리는 소리,
짙은 커피 향기처럼 고요한 마음에 깃들어
길을 떠나보라 재촉한다 무작정 떠나보라고,
어떤 계획이나 여정 없이 그냥 떠나보라고 한다
마음 흐르는 대로 가서 발길이 머무는 곳,
어느 낯선 여인숙에 머물거나
밤바람을 맞으며 노숙의 한기에 떨지라도
혹은 깜깜한 하늘, 별이 쏟아지는 사막에서
하루 밤이나 며칠 밤을 새워보라고 한다!

먼지는 서러움이다
잔뜩 객진이 들러붙은 나그네여!

낯선 곳에서 맞이하는 저물녘,
왜 헤어지는 사람의 뒷덜미에 즐겨 앉는가?
노을의 책갈피를 넘기며 몰려오는 외로움이여,
산란하는 먼지끼리 사랑하는 이의 배경이 되어
지상에 머무는 잠깐, 허전한 마음에 기꺼이 동행이 되리라
너무나 짧은 시간 서로 아끼고 사랑하므로
더욱 애틋하지만, 절대 뒤돌아보지 마라
비록 뒤꼭지가 시릴 지라도 떠나가는 걸음, 걸음마다
별이 반짝이는 밤길을 편히 밟아가게 하소서

먼지는 요즘 흐린 하늘이 좋은지
며칠 동안 지독한 황사가 몰려왔다
닥쳐올 핵의 빙하기를 예감하는지
추적추적 내리는 가을비 그치고
한 톨의 먼지마다 서러움이 스미고
찬란한 빛이 산란하여 푸르다 못해 투명하다
깊이조차 알 수 없는 저 하늘로
먼지가 써내려간 푸른 연서를 읽다보면,

어느덧 계절은 겨울의 문턱에 이르리라
더 깊어가는 그리움은 마음 부릴 데 없고
계절이 바뀌는 하늘, 낙엽이 휘날린다
울긋불긋 불우한 예감을 덮기 위하여
말없이 지나온 제 흔적을 지우며 더 꼼꼼하게,
틈과 틈을 메우며 허전한 마음의 낙엽을 털어낸다
다가올 계절, 순결한 설경을 위하여,
물든 단풍의 마음을 털어내며 아무 일도 없다는 듯
시치미 떼고 원시, 무언의 시절로 돌아가려는지,
지상에는 이제 계절이 사라졌다

천지가 가을을 탄다
투명한 눈으로 보면 가을은 저만치
이미 겨울 내의를 입고 먼저 길을 떠나고 있다
가을 여행은 아름다운 이의 뒷모습이다
울긋불긋 단풍잎 지고 나면 떠나는 연인의 시린 눈동자 속
겨우 추스르고 남은 한 방울 눈물 같은 것,
그러므로 작별을 위한 가을은 아름답다

폭포처럼 쏟아지는 가을빛이여!
나이아가라 폭포에서 떨어지는 물보라처럼
우주의 별들이 하늘가에 우수수 유성우를 뿌리자,
지구촌은 삽시간에 광란의 도가니로 변한다

우리는 고담시의 시민들,
우리는 고담시의 광대들,
미쳤어, 그래 우리는 모두 미쳤어!
지상의 마지막 가을, 곧 닥칠 핵겨울을 맞이하리라!
지옥의 문 앞에 서있는 불우한 예언자여!
수많은 핵탄두를 뒤집어쓰고 벌이는
장쾌한 우주의 불꽃놀이,
곳곳에서 파멸로 치닫는 최후의 빅뱅이 일어나고
별 떼들이 불꽃보다 빠른 속도로 소멸하는 동안,
아무도 묻지 않고, 아무도 대답을 듣길 원하지도 않는다
그냥 무료한 침묵만 계속될 뿐,
아직까지 새롭게 묻는 법이 없으므로
대답 또한 기대하지 않는다

천둥소리보다 크게 폭발하는 단말마의 비명,
되돌릴 수 없는 참혹한 결정,
그래도 우주는 분노하지 않으므로,
무표정에 대하여 더욱 분노하라!
별의 겨드랑이 구석구석,
누가 네 머물던 가련한 땅을 찾아가는지,
누가 네 검게 그을린 마음을 위로하며 가는지,
누가 빛의 파장을 거두어 태초의 음성을 좇아 흘러가는지,
계절은 어김없이 흐르고 유성에서 불꽃이 튄다
꿈속의 악몽은 현실의 파멸이 되어
지상에 핀 불길 속에 이미 연꽃은 불타고
가을이 거둔 악몽 한 알, 금빛 바람을 타고 영롱하다
하얗게 식은 폐허의 잿더미 속,
최후의 인간이 외친다

사랑하라! 더욱 사랑하라!
죽도록 사랑하다가, 사랑하다가 죽어라!

고백

우주의 질서는 지겹다
반복되는 지루한 일상과 권태들,
기껏해야 너희들이 그렇게 외쳐 노래하는 사랑이란 것,
미친 별들의 하품에 불과하다
빨리 뜨거워질수록 순식간에 식는 별들의 사랑,
권태 또한 수억 광년이 지나면 지나가리라
별의 시간은 경이롭다
별의 일억 광년은 이 땅의 시간으로 환산하면 순간이다
다행스럽게 우리은하에 안착한
열망의 족속들이여! 지금 무슨 짓을 벌인 것이냐?
은하계는 지금도 팽창하고 있다
한 은하계와 다른 은하계는 점점 멀어지며
허공의 시야에서 사라져버린다
이 지상의 이상한 유적, '공중에 매달린 바윗돌',
스톤헨지를 보고, 누가 말했다
"마치 다른 세계에서 온 환영처럼
탁 트인 황량한 땅에서 우리는 고요한 두려움에 사로잡혔다
우리 앞에 서있는 이 정체 모를 유적을 보고,"

별을 맞이하는 거대한 돌,
초월의 힘은 어디서 오는 것일까?
당시 도저히 알 수 없던 별의 운행을 올려다보고
지상의 것들이 얼마나 허망한지 깨달았으리라
땅과 하늘을 연결한 거대한 돌!
돌은 지상에 세운 기억의 기념물,
단단히 응결된 의식의 덩어리가 지상에 세워지고,
적어도 물거품 같은 우리의 삶에
돌은 영원한 귀의처이므로 무궁한 세월을 건넜다
세운 것은 반드시 무너지게 돼있지만
우리의 믿음으로는 절대로 무너지지 않는다
땅과 하늘 사이에 존재하는 연약한 먼지의 부랑자들!
사랑이란 것도 알고 보면 마음에 세운 유적,
마음이 폐허가 되고난 뒤 허망하다는 걸 깨닫게 되는
늘 시작보다, 끝내고 나서 알게 되는 미련퉁이 같은 것,
혹은 막연한 우주에 내재하는 두려움을
일시적으로 잠재우기 위한 미약 같은 것,

처음 네가 빛나는 눈길을 주었을 때
내 눈에는 콩깍지가 씌었지
우리는 찰나에 불타오르며 우주의 한쪽에서
빛나는 화염을 일으키며 껴안고 어둠속에 사라졌다
사랑이란 기껏해야 자기 생명의 연소!
먼지가 무한히 복제하듯
사랑을 통하여 세대는 세대를 이어간다
먼지는 불안하기 때문에 영원회귀의 길을 꿈꾸며 간다
서로 엉기려 하고, 체적을 늘이고,
무게 중심을 향하여 서로의 인력으로 당긴다
두려움 없이 길을 나서는 이는 과연 몇이나 될까?
누구나 길 위에 서면 잠꼬대 같은
지난날의 기억들을 떠올리며 몸서리친다
우주의 엔트로피는 일정하다
우주에 떠도는 먼지의 미아들!
암흑에너지의 총량은 변하지 않으므로
우주는 꿈꾸는 언어 너머,
오직 꿈속의 꿈이다

세상에서 클리셰를 말할 때 흔한 게 사랑이다
큐피드의 날개 뒤에는 질투의 마왕이 노려보고 있다
사랑을 완성하기 전에 마왕은 수수께끼를 내고
그 선택에 따라 열정적 욕망을 허락하기로 약속하였다
아주 미세한 저울에 무게를 달기 전,
검은 보자기에 싼 두 쪽의 부피는 겉으로 똑같다
운명은 단 한 번의 블라인드 테스트로 끝장난다
한쪽은 X, 다른 한쪽은 Y,
네 두 손 위에 올린 무게를 가늠해보라!
자! 어느 것을 선택하겠느냐?
이것이냐, 저것이냐, 인생은 끊임없는 선택의 과정이다
하나는 들숨과 날숨 한 호흡의 무게,
하나는 심장의 무게이다
어느 한쪽을 선택하더라도 죽음을 피할 수 없다
숨을 못 쉬거나, 심장이 멈추든가
어느 쪽에 걸리든지 죽음은 확실하다
삶은 가볍거나 무겁거나 살아내야 한다

딜레마는 어차피 궁지에 몰기 위한 마왕의 술책
사랑 또한 마침내 죽음에 이르는 생명 연소의 과정
여기 잠깐, 머무는 동안 부족하고 텅 빈,
내가 시린 반쪽을 채우기 위하여 너를 만나고
서로 빈 곳을 채워 우리는 하나가 되었다
우주를 항해하는, 먼지끼리 엉겨 두려움 없이
길이 되고, 생명이 되고, 마침내 말씀이 되어
오직 한 마음으로 서로 사랑하였다
이 가난한 지상에서 너는 나의 갈망이고 갈애였다
사랑은 홍역과 같아 우리 모두는 그것을 겪었다
사랑하므로 상대에게 지옥을 선물하였지만
우리의 사랑은 결코 멈추지 않았다
지옥까지 사랑할 수 있을 때, 사랑은 참으로 사랑이다
순간, 순간, 밀려오는 번뇌의 묵직한 고통과 불안과
안절부절못함과 때로 비겁함과 치기어린 용기와 비정함,
거의 모든 감정의 상실을 겪고 난 뒤에야
이 넓은 우주에 아무짝에도 쓸모없는 사랑의 허무,
아무 의미도 없는 통속적인 사랑의 굴레,

이 따위 감정을 내팽개치지 못하고
찐득하게 붙이고 살아야 했단 말이더냐?
그게 네 고독을, 근원적인 외로움을
조금이라도 덜어준 적 있느냐?
결국 알고 보면 너도 알량한 속물에 지나지 않아!
네가 말하는 그 외로움은 원래 네 것이 아닌데
마치 너만 가지고 있는 것처럼 호들갑을 떨었지 뭐야,
바람이 불면 부는 대로, 비가 내리면 내리는 대로,
혼자 길을 나서 봐! 네 가는 길에 제발,
어느 누구도 네 곁에 두지 마!
어깨가 맞닿아 가까워지는, 우산도 같이 받지 마!

저 어두운 밤하늘, 벌거벗고 드러누워
저 높은 별의 배꼽에다 네 배꼽을 맞추어 봐!
우주의 배꼽으로 저 별에 감전되어 봐!
저 창공을 가로질러, 찌르르 전달되는,
오직 너를 향하여 달려드는 무지막지한 사랑의 전류,
정신을 불태우는 그리움을 맞 봐, 그게 사랑이야!

혼자 바람도 맞고, 비도 맞으며 씩씩하게 가!

한 뼘 씩 더 멀어지는 우주의 팽창하는 호르몬을 느껴 봐!

한정 없는 저 푸르고 깊은 하늘 길 위에서

한때 스쳐지나간 인연이여!

인연의 끈은 잘라버리는 게 아니고 푸는 거야

얽히고설킨 매듭을 잘 풀어야 해,

깊이를 알 수 없는 허무의 늪에서

먼지처럼 뒤엉겨 지독하게 사랑할 줄이야,

아! 먼지 같은 우리의 사랑이여!

그래도 떠날 때, 이 말은 꼭 해주고 싶었어!

고마워!

나의 이 볼품없는 인력으로 널 더욱 사랑할 수 있었다면,

아득한 우리의 사랑이여!

네가 더 빛날 수 있었을 텐데

어느 행성의 주막에서 널 기다리는 동안,

독한 술 한 잔 마시며 지난 추억과 기억을 더듬을 텐데!

어느 별의 벤치에 기대앉아

네가 아름답게 저물어가는 광경을 볼 텐데!

애절한 빛의 울음으로 홀로 밟아가는 지독한 그리움을,
네 투정을 받아주지 못한 걸, 정말 미안해!
비로소 우리 둘이 점점 멀어지며,
텅텅 빈 이 공간에서 차마 떨어지지 않는 발걸음
내가 머뭇거리며 서있는 동안
지난 추억들은 얼마나 빠르게 흐르는지
소곤대던 귓속말과 뜨겁던 입김과 마지막 키스의 기억들,
우리 젊은 날의 일기장 곳곳에 얼룩처럼 남아있는,
우여곡절 끝에 너는 그곳에, 나는 이곳에 도착하였다
무한한 우주의 시공간에 우리 둘의 거리와 시간
무슨 의미가 있는지, 너무 깊고 아득하여 알 수 없구나!
네가 점점 멀어지며 저 은하 밖으로 밀려가는 동안
나는 할 수 있는 일이 아무것도 없으므로
무력감에 스스로 시들어가고,
죽음에 이르는 병이 참으로 깊다
점점 멀어지는 거리만큼 얼마나 더 가까이 다가갈 수 있을지
너무 아득하여 슬프다, 너무 아득하여 깊고,
너무 아파서 그리운 것이다

오늘 이 고백으로 나는 영영 사라지고 말 운명이 될지라도,

후회하지 않겠다!
우주의 외진 골목에서
오직 널 기억하며, 사랑했노라고, 그동안 고마웠어!
잘 가! 안녕, 내 사랑!

우주 달력

나는 누구인가?
나는 우주먼지다
초신성이 폭발하는 찰나, 별이 남긴 먼지들,
우주먼지이므로 저 깊은 하늘, 별의 장구한 일생에 비하면
나의 일생은 하루살이에 지나지 않는다
그러나 나는 생각하는 별 먼지다
언젠가는 별이 만들어지는 씨앗이다
별이 태어난 곳은 영하 263도의 차고 어두운 성간운,
이 지상에서 바라보는 별은 얼마나 따뜻하고 빛나는가!
저 별들은 비록 제 몸이 춥고 외롭지만 끊임없이
외로운 푸른 별, 이 땅으로 따뜻한 시선을 보내고 있다
은하수와 그 근처에 있는 짙은 띠를 보라!
이토록 어두운 띠는 우주먼지들,
뒤쪽에 잔뜩 서려있는 별빛을 막지만
지구에 있는 원자들과 새 물질은 우주먼지에서 왔다

우리는 모두 누구인가?
137억 년 전, 머나먼 별에서 온 먼지에 불과하지만

바로 지금, 여기 광대한 우주의 심연 너머
무수한 소행성이 떠다니는 허공,
사유의 숲을 거닐며 모험하는 별의 아이들,
나는 코스모스에서 나왔다
우리 모두는 코스모스에서 나와
함께 어울려 유영하는 수많은 먼지 떼들,
우연히 별의 원소를 기적처럼 몸에 두르고
별 먼지, '스타 더스트'의 후손이 되어
먼지의 길을 간다, 외로운 길을 혼자 간다
얼마나 스스로 연약한 존재인지 알지만
저 반가사유상처럼 고요한 적정에 들기 위하여
침묵의 언어로 우주를 품는 별의 아이들,
작은 심장이 뛰고 우주에 내딛는 한 발자국일지라도
나와 너의 가녀린 떨림은 위대하고 위대하다
먼지는 우주의 언어로 철학하는 별종이다
스스로 너무 연약한 갈대이지만 생각할 수 있으므로
먼지의 사유는 깊고 위대하다
하늘을 덮는 큰 기틀도 눈부신 햇살에 스러지는

이슬 한 방울 같은 우리네 일생이 아닌가!
나도 너도 잠깐 꿈속에서 꿈꾸다가
고향으로 돌아가는 한 낱 먼지가 아닌가!

먼지여! 나의 먼지여!
이제 모든 걸 버리고 초연하게 홀로 걸어가리라
여기 우리가 디디고 선 행성을 보라!
우주적 관점의 빅 히스토리!
우주는 한 점에서 시작하였다
점은 부분이 없다
고대 그리스, 유클리드 기하학원론,
첫 번째 공리로서 이 문장은 완벽하다
우주는 압력솥이다!
한 순간, 질량이 한 점에서
엄청난 압력을 받아 빅뱅이 일어났다
우리는 왜 존재하는가?
태초에 왜 황홀한 빅뱅이 있었을까?
빅뱅 이전에는 지금처럼 시간과 공간이 없었지만

우주가 만들어지면서 비로소 시공간이 생겼다
빅뱅은 엄청난 폭발력으로 이곳으로 데려왔다
아주 작고 연약한 나, 한 점 먼지를,
아득한 우주공간을 뚫고 이 행성에 부려놓았다
이 땅 위에 존재하는 모든 유정과 무정,
그 대부분은 탄소, 수소, 산소, 질소의 결정들,
생물과 무생물이나 별을 이루는 성분은 똑같고
태양과 바닷물이나 몸을 이루는 수소도 또한 똑같다
지금 우주와 한 몸인 나를 생각해보면,
태초, 그 이전부터 나는 존재하였다
먼지의 몸을 이루는 다양한 원소들,
그중에 가장 많은 산소는 무게가 절반이 넘는다
그러므로 나는 숨 쉬는 산소의 자손이다
동시에 물의 자손이므로 눈물을 흘릴 줄 안다
비록 티끌 같은 삶이 건조한 듯하나
촉촉한 입술로 우주 만물에게 키스할 수 있다
어디에 머물더라도 물이 있으므로
녹색의 싹을 틔워 생명을 먹여 살릴 수 있다

이 행성의 달력은 해와 달이다
우주달력으로 보면,
인류가 살아남은 지금, 인류세는 찰나에 불과하다
자연환경 파괴로 지구는 급격하게 변하고,
이제 한계를 넘어 환경위기와 맞서 싸우는 시대,
인류세는 엘니뇨, 라니냐, 남방진동으로
해수면 온도상승, 이상기온, 지구온난화, 산불과 홍수,
기후변화로 곳곳에서 재앙을 부르는 절망의 시대,
사하라사막, 아마존 삼림지대, 북대서양과 동태평양 해류,
극지의 빙원, 아시아 계절풍 지대, 지브롤터해협에서
마지막 멸망으로 치달리는 통곡이 이 땅에 질펀하다

우주달력은 상상의 달력이다
우주가 탄생한 이래 150억 년을
그레고리력 1년으로 변환한 방식이다
우주가 탄생한 빅뱅을 1월 1일 자정으로 삼고,
현재 시간을 12월 31일 자정으로 환산한 달력이다
우주달력의 일초는 우리 시간으로 443년,

우주달력으로 보면 인류의 역사는 너무나 짧고 짧다
우리 은하계는 5월 1일에 만들어졌고
우리가 발 디디고 선 외로운 푸른 별,
지구는 9월 14일 탄생하였다
수많은 시간이 흘러가고 난 뒤
아득한 38억 년에서 45억 년 사이
지구상에 최초의 생명체가 나타나니,
이때가 9월 30일이다
우주의 역사가 1년이라면 루시와 같은 영장류는
12월 30일에 처음 나타났으며,
인류가 기록한 역사는 12월 31일 마지막 일분이고,
지금 시간은 12월 31일 그믐밤이다
우주달력으로 우리의 수명은 0.15초에 불과하다
처음 지구가 형성된 원시대륙은
여섯 대륙이 하나로 합쳐진 '판게아' 시기였다
빙하기와 간빙기를 거치고
호모 하빌리스, 호모 에렉투스, 호모 사피엔스가
차례로 나타난 뒤에 호모 사피엔스 사피엔스가 다녀가고,

암흑천지인 먼지의 시대가 지나가자
누군가 우주의 회랑에 첫발자국을 찍었다
상징과 예술의 온기는 식어도 뚜렷하게 남았다
시간이 흘러가도 사라지지 않고
동굴벽화의 흔적은 고스란히 남아있다
우리는 지구에 발자국을 찍고
지상에서 벗어나 달에 위대한 첫 걸음을 떼었다
지금 갖지 못한 것을 추구하기보다 가지고 있는 것을 즐겨라!
나는 만든다, 고로 나는 존재한다
일찍이 호모 파베르의 시간을 지나
무궁한 해답을 찾기 위해 호모 콰렌스가
제 스스로 물음을 던졌다
가장 근원적인 물음을!

"나는 누구냐?"

태초의 음성

태초에 우주는 침묵이다
혀가 돋아나기 이전, 아득한 세월이므로
어둠 속에서 묵상하며 침묵의 수도원에 머물렀다
어느 순간, 비로소 빅뱅이 있고 나서
맨 처음으로 우주는 발성하였다
옴!
이 소리는 천신이며 지혜이며 정토이다
명상을 하기 위하여 최초로 내뱉은 음성이다
최초로 내뱉는 원시 우주의 소리!
깨달음은 이 소리를 붙잡고 소리 속을 꿰뚫고 들어가
마침내 소리마저 삼키고 침묵의 향기를 맡는다
침묵의 향기는 빛깔이 없다
나를 향하여 열려있을 뿐, 독백이 전부다
이 우주에서 가장 시급한 일이 무엇이냐?
나를 찾는 일이다
진짜 나를 봐!
다른 사람이 될 필요가 없잖아!
아무리 생각해도, 나는 나를 모르겠어

내가 날 마주하는 게 두려운 거야!

내가 '모르겠다'고 말할 때 그건 가장 오래된 지혜지

어쩌면 나는 자웅동체일지도 모르고,

아니면 마음이 있는 AI일지도 몰라

혹은 우주인이 가지고 놀던 피규어일지도 모르지

혹은 뇌를 이식한 휴머노이드이거나,

혹은 저 머나먼 다른 은하계에서 보낸 스파이일지도 몰라

혹은 피에르 테야르 드 샤르댕 신부가 말한

'오메가 포인트'에 도달하려는 의식인지도 모르지

우주가 빅뱅에서 시작되었지만, 궁극적인 마지막 한 점,

오메가 포인트를 향하여 진화해가는

최고 수준의 의식을 추구할지도 모르지

나는 모르기 때문에 그의 입을 빌어,

간절히 기도한다

"이 몸이 무너지는 모든 암울한 순간,

오! 하느님, 저로 하여금 알게 하소서

그 모든 것은 바로 하느님께서 제 존재의 중심으로 들어와

저를 하느님께로 데려가기 위하여
조금씩 분해시키는 과정인 것을!
그 과정에서 하느님께서도
저만큼이나 아파하고 계시다는 것을!"

도대체 나란 존재는 무엇일까?
우주를 샅샅이 다 뒤져서라도 그 해답을 찾고 싶다
소리 없는 우주의 음성을 찾아
오늘도 결가부좌를 하고 나를 직시한다
나의 내부를 응시한 채, 침묵이 말하는 음성에 귀 기울인다
불현듯 나는 사라지고 나를 찾고 있는 그가 보인다
그가 사라지고 다시 네가 오고 네가 떠나고
우리가 오고 우리가 떠나고,
그녀가 오고 그녀가 다녀간 뒤
그들이 오고 그들이 다녀간 오랜 뒤에
다시 나는 나를 찾아왔다 그때 나는 나를 알아보지 못하였다
나는 나를 만나지 못하고
그냥 돌아서서 아무 말 없이 떠나갔다

나만 홀로 뒤에 남겨진 채

내가 떠나는 걸 그곳에서 내가 바라보고 있었다

나를 바래다주는 내가,

떠나가는 나를 물끄러미 바라보고 있었다

나는 어디에도 없고 나는 어디에도 있다

과거도 없고 미래도 없고, 여기는 오직 '지금'뿐이다

그곳도 없고 저곳도 없고 오직 여기만 있다

나는 있다, 그러므로 나는 없다

나는 없다, 그러므로 여기 나는 있다

나는 어디에도 있고, 아무데도 없다

나는 나를 찾아서 오늘도 헤매고 있다

나는 나의, 나를, 위해서 아무 짓도 하지 않겠다

나를 내버려두고, 더는 나를 붙잡고 실랑이치지 않겠다

나는 마침내 '나'란 것이 애초에 없다는 걸 알아차렸다

나는 한 점 먼지로 이 땅을 다녀간 투명체인지도,

내 속에 들어가 나를 파먹다가 나를 없애버린 기생체인지도,

나는 어찌 되었건 그 무엇인지도 모른 채,

이 땅을 지금도 부지런히 다녀가고 있다

우주의 행성 외진 분화구에
외로운 한 점의 고요가 있다
백 년 동안 똑같은 소리가 허공에 매달린 채
중생계를 벗어나지 못하고
작은 별의 추녀 끝에서 흔들리며 울부짖었다
물고기 한 마리가 해탈하지 못하여
육도에서 윤회하며 날마다 쟁쟁거리며 울었다
날렵한 처마 끝에 걸린 물고기 풍경,
조각구름과 봄바람 따라
댕, 댕, 댕, 한없이 출렁거리다가
어둑한 회랑에 앉아 정진하는 침묵
빛나는 억겁의 시공간에 잠깐 소리 잠잠하더니
고요 속으로 들어가고,
이윽고 풍경에 매달린 물고기 한 마리,
일억 광년마다 비늘 하나, 둘, 셋, 수백억 광년을 지나자,
온 몸에 영롱한 비늘이 잔뜩 솟았다
한 은하계가 사라진 날 시름없이 흔들리다

별안간 우주의 바다에서 헤엄치기 시작하였다

투명한 하늘의 귀로 푸른 소리를 듣고

깊은 침묵을 물고 헤엄치니

마침내 허공의 뼈를 얻어 하늘이 되었다

풍경에 매달린 물고기 한 마리,

득음의 경지에 들어 깨달음의 화신이 되었다

어느 날 푸르른 소리를 얻어 헤엄치다가

바다에서 하늘로 날아올랐다

마침내 욕계를 벗어나니,

일체의 소리에 대한 집착이나 분별이 끊어져버렸다

색, 성, 향, 미, 촉, 법이 일거에 그러하니

여섯 경계가 모조리 사라졌다

우주의 소리는 자연이다

듣거나 못 듣거나, 들을 수 있거나 들을 수 없거나,

어떠한 차별도 없이 모두 받아들일 뿐,

모든 소리를 있는 그대로 받아들이고 나자,

우주가 내뱉는 숨소리는 그대로 귀에 맞았다

오온이 모조리 공하니 거칠 것이 없고

태어나는 순간부터 내 것은 없다, 나라는 존재도 없다
이러쿵저러쿵 헤아리지 않고,

우주의 첫 한마디,

옴!
사자후를 토하니
허공에 감춘, 길고 긴 깨달음의 보배로운 말씀,
비로소 우주가 유행을 시작한다
마치 온 우주를 찢어놓듯이 우주 밖으로 퍼져나가는 굉음,
인간의 귀로는 전혀 들을 수 없는
그 속에 빛나는 고요를 머금은 천상의 음성,
무수한 별들이 주파수를 맞추고 비로소 하나가 되었다
어떤 절망이 닥쳐오더라도 별들과 더불어 즐기니
일체 만물이 내는 최초의 음성,

향기로운 우주의 침묵이여!

허공의 주인공

마음은 허공이다

허공을 굴리며 하늘 길을 가는 작은 성자,

하얀 손으로 허공을 던져 하늘과 땅과 사람을 빚고 노래했다

구름을 이불 삼고 산을 베개 삼아

해와 달로 불을 환하게 밝히고

구름 병풍을 두르고 은하수를 마시고 크게 취하여

덩실덩실 춤추며 노래하니 긴 소매가 수미산에 걸릴까

수미산 꼭대기, 도리천의 임금인 제석천이시여,

사천왕과 두루 동쪽하늘을 통솔하시고

거룩한 불법과 불법에 귀의하는 사람을 보호하고

아수라의 군대를 정벌하시는 무적의 왕이시여!

아수라가 제석천에 패하여

연뿌리 속 실낱같은 구멍으로 들어가 숨었으니,

아수라가 네 유일한 적인가?

틀렸다!

너의 적은 어김없이 바로 너이기에

비록 먼지의 몸에 번뇌가 있으나

땅 위를 걸어 다니는 것이 바로 신통이니라

이 땅에 사는 일이 별거더냐?

먼지의 하얀 손이 부끄럽기만 하네

오직 스스로 먼지 속에 뒹굴며 어울리면 되는 것,

취할 것도 버릴 것도 없으니 일체 분별할 게 없네

여기서나 저기서나 틀어지지 않을 뿐,

물 긷고 땔나무하여 배고프면 밥 먹고

산수간 바위 아래 노닐다가 흙으로 돌아가네

해와 달이 다니면서 네 천하를 비추고

여기 다시 천 개의 해와 달이 있어

그 비추는 곳을 일천 세계라고 하니라

삼천대천세계가 모두 먼지로부터 왔으니

어버이가 널 낳기 전에 그 이름이 무엇이냐?

태초에 우주의 기혈을 받아 지금 여기,

비로소 탯줄을 끊고 먼지의 걸음, 걸음으로 밟고 다니는

빛나는 대지를 금륜이라 하니

두께는 무려 사십팔만 유순이나 되는데

둘레와 넓이는 가히 끝이 없도다

다시 대지는 수륜 위에 머물고 물은 풍륜 위에 머물고

바람은 허공에 기대어있도다

우주는 한 채의 집,
그 안에 든 모든 것은 태어나고 반드시 죽는다
모든 것은 죽음으로 향하여 있고,
산다는 것은 무덤을 향하여 한 발자국,
한 발자국 다가가는 여정이므로
어디에서 죽음이 기다리고 있는지 아무도 모른다
모든 생명은 태어나자마자 오직 죽음을 향하여 움직인다

허공에 나부끼는 목숨이여!
꼼지락거리며 기어가는 미물부터 긴팔원숭이,
침팬지, 오랑우탄, 루시, 외계생물, 심해생물, 유정과 무정,
난생, 습생, 태생과 화생까지 모든 생명은 원래부터
제 무덤을 제 안에 지니고 땅과 물과 불과 바람,
그리고 색성향미촉의 허깨비로 찰나에 이루어졌다가
허망하게 무너지고 말지
네 코 끝, 들숨과 날숨, 한 호흡 사이에

죽음의 혓바닥이 날름거리고 네 뒷덜미를 노려보며
곳곳에서 기다리지 않는가!
죽음을 예측하는 것은 자유를 예측하는 일,
죽음을 배운 자는 굴종을 잊고
죽음을 깨달으면 자유로워 두려움이 없다
티끌보다 가벼운 게 죽음의 무게라지만,
죽음은 결코 가볍거나 두렵지 않다
코끼리가 죽음을 앞두고 무리에서 홀로 떨어져
코끼리 무덤으로 돌아가듯 죽음은 곧 순리를 좇는 것,
살아서 하얀 상아는 네 유일한 자랑,
그러나 그것 때문에 죽음을 맞이하기도 하지만
죽고 나면 티끌이 되어 자연으로 돌아간다
한때 네 빛나던 생애조차 흙 속에 묻히고
처음 왔던 그곳으로 먼지가 되어 떠돈다

"한 티끌 가운데 모든 우주 법계가 들어있다"

화엄의 눈은 우주의 중심이다

티끌이 곧 우주라 하지만
너와 나, 우리 모두, 별의 자손들
단지 이 세상 역을 통과하는 과객일 뿐,
무량억겁의 시간, 순간에 명멸하다 사라지는 반딧불이 같이
대개 백년도 채 살지 못하고 떠나야 하는
우리의 짧은 삶이 얼마나 보잘 것 없는지
모든 바닷물을 다 맛보고서 짠 맛을 알려고 하지 말라
어리석은 일이다

시간은 허공이다
억겁이 찰나이고 찰나가 억겁이다
먼지의 시간 속에 들어가면 부질없다
모든 것은 무상하고 끊임없이 무너진다
너와 나는 연속적인 시간에 그냥 외로운 과객일 뿐,
하염없는 시간의 연못이여!
잠시 물가에 앉아 고양이세수를 마쳤을 뿐이데,
흰 연꽃은 꽃대 쳐들고 미소 짓는데
무슨 뜻으로 저럴까?

물 위로 솟은 연꽃, 진흙에 더럽히지 않고
적멸에 관해 침묵으로 말할 뿐,
향기로운 바람에 탐욕을 여의었구나!
생각할수록 세월은 무상하여 아득하구나!
째깍, 째깍, 별의 시계는 겨우 찰나를 지났을 뿐인데
우리 은하의 시간은 너무 아득하여라
그저 억겁도 찰나일 뿐,

외로운 과객이여!
너는 지금 어디에 서 있느냐?
지금 서 있는 이곳에서 네가 가지고 있는 것을 나누어라
네 이웃을 네 몸보다 아끼고 사랑하라
한때, 불구의 우주가 비틀거리며
세상의 어두운 저 뒤편으로 숨어들었다
마비된 사지를 질질 끌며 밤마다 흐느꼈다
육신은 종종 정신을 무너뜨린다
궤도를 잃은 별이 자유를 빼앗기고
붙박이별이 되어 한 태양계에서 빛을 잃어간다

황폐한 시간의 등 뒤에서 악마가 웃는 동안,
별들이 모여 머리를 맞대고 간절한 사랑의 뜻을 모아
천사의 휠체어를 만들었다
빛나는 황금바퀴를 보라!
무너진 별의 육신이 바퀴 달린 의자에 편히 앉으니
허공에 구르는 바퀴소리가 하늘에 울려 퍼졌다
한동안 별 떼들이 소요하던 먼지의 무덤에서 꽃이 피어올랐다
온 우주가 한 송이 꽃으로 장엄한 까닭에
별은 한 송이 꽃이 되고 먼지는 한 떨기 미소가 되어
우리가 잠깐 머무는 간이역에도 향기가 퍼졌다
작은 별들이 벌떼처럼 붕붕거리며 꽃을 찾아 비행하며
일일이 수정을 끝내자 대지에는 꿀이 넘치고
푸르른 생명의 들판이 출렁거리며 풍요를 누리고
지상의 숲은 울창하였다

지금 너는 어디로 가느냐?
네 목전의 일은 과연 무엇이냐?
비록 티끌보다 못한 생애일지라도 남은 시간,

이웃을 위하여 기꺼이 빈 의자를 내주어야 하리라
머나먼 우주, 영겁을 상상하지 않아도
여기 순간을 비행하는 나비의 시간은 길다
지금, 수미산 꼭대기에 햇살이 퍼지고
지상에는 지혜로운 기운이 가득하다
비록 짧은 생애일지라도 누리고 즐겨라!
지금 여기, 네가 선 이곳이 바로 네 땅이다
한마음에 한 기둥을 다듬어 중심을 세우니,
비로소 주인공이다!

어디에 가서 노닐더라도 네가 주인공이다

먼지의 붓으로

우주는 향기로운 연금술사,
우주의 한 모퉁이에 사는 시인은 꿈꾸는 대장장이,
물과 불로 꿈꾸는 언어의 대장간에
시퍼런 언어의 칼날을 벼리기 위하여
깊은 사유에 섞인 잡티를 걸러내는
시인은 언어의 연금술사,
연금술은 빚어내는 일이며, 만드는 일이다
한 원자를 다른 원자로 바꾸는 연금술로
값싼 철이나 납덩이를 비싼 금으로 바꾸듯
시인은 언어를 정련하여 새 이미지를 창조하기 위하여,
낯익은 언어를 영감의 모루 위에서 두드린다
차가운 물에 넣어 담금질을 하고난 뒤
낯선 의미의 칼을 벼리는 대장장이여!
꿈은 씨앗과 같다
상상과 이미지로 갈아엎는 언어의 대지,
겨울의 시린 뼛속을 뚫고 나와야 꽃이 핀다
봄이 오면 씨앗은 다채로운 꽃을 피울 것이다
죽은 씨앗은 아무런 꿈도 틔우지 못하고

적막한 황무지에는 메마른 바람만 불어오고
어떠한 푸른 새싹도 피우지 못한 채 말라죽었다
몽상가의 잠이 아무리 깊고 고요해도
꿈결에서는 한 마디도 전하거나 새길 수 없다
메마른 대지의 붓은 모지라져 연둣빛 촉을 내밀지 못해
먼지만 풀풀 날리고 구근은 말라비틀어졌다
상투적인 언어가 한없이 초라하다
감히 지상의 언어로 말할 수 없는 꿈을 위하여
시인이 창조한 낯선 언어의 생기에 주목하라!
침묵보다 못한 웅변가의 변설은 돼지의 소란일 뿐,
거의 절반이 번지르르한 비계 덩어리다
시인의 언어는 살아있는 연꽃이지만,
웅변가의 언어는 생기 없는 조화에 불과하다
우주 공간에 떠있는 깊고 그윽한 침묵을
어찌 먼지의 언어가 붙잡을 수 있으랴!
시는 낯선 내면의 풍경이므로 아무도 침범할 수 없다
순결한 눈길로 보지 않으면 보이지 않을 뿐더러
오직 낯선, 홀로 써내려간 심연의 고백이다

먼지는 최후의 꿈이다
꿈꿀 수 있을 때, 꿈을 믿어라!
그 속에 영원으로 가는 문이 숨겨져 있다
꿈은 움직인다, 움직이므로 꿈이다
꿈은 가만히 있거나, 앉아있거나, 누워있지 않다
적어도 달리거나, 날거나, 투명하게 움직인다
꿈은 억압된 욕망을 초월한다
꿈꾸는 동안 시공간은 단절된 안개 같은 존재일 뿐,
경험한 것이 반드시 꿈이 되는 것은 아니다
별은 발광체가 아니다
빛을 스스로 내지 않고 그리운 별을 찾아
서로 눈을 맞추어야 빛난다
눈동자를 깜빡거릴 때 빛난다

빛에는 뇌의 회로가 있다
뇌는 꿈을 해석하는 비밀의 창고,
극지의 빙하처럼 깊이 은닉한 해마는
창고를 여는 열쇠 같은 것, 아주 먼 기억의 흔적,

또한 아픈 과거의 흔적이다
꿈속에서 같은 꿈은 하나도 없다
이미 어디서 본 듯하지만 그곳은 다른 곳이며
그 사람은 이미 다른 사람이다
먼지가 가는 눈먼 길은 새롭다
새로운 기억을 위하여 눈을 감고 잠든다
잠을 자지 않으면 기억은 하나, 하나, 탈락한다
먼지의 꿈은 우주로 나아가는
자신을 초월하려는 미세한 분열이자, 숭고한 종교,
먼지는 우주를 관통하는 미세한 세포,
모든 인식의 핵심에 이르는 중심이기도 하다
언어는 인식의 한계를 넘어서지 못하므로
더욱 제가 던지는 그림자를 뒤쫓으며
고유한 의미를 죽이고 세계를 다시 세운다
먼지는 가장 위대한 몽상가,
꿈의 여정은 깨어있거나 않거나 위대하다
죽음과 삶을 이끌며 끊임없이 역동적인 꿈을 위하여
처음 원시대륙에서 떨어져 나온 순간부터

안에서 몰려오는 고통을 달게 삼킬 줄 알지
마치 새가 알을 깨고 나오듯이,
자신을 혁명의 대상으로 삼고 스스로 혁명이 되지

먼지는 독약이야!
희망과 절망, 다행과 불행은 우주에겐 별일 아니지만
불행은 아침처럼 매일 먼지의 땅에서 일어나지
절망을 향하여 급히 말을 몰아가는 마부처럼,
세상 곳곳에 말의 울음이 귀를 찢는구나!
지칠 줄 모르고 끈질기게 달리고, 또 달려서,
세상을 소란하게 만들었다
네 노동은 너를 자유롭게 하였지만
잘못에 대한 반성은 결코 비난할 무엇이 아니다
우주는 선악이 없어!
그냥 있는 그대로 베풀 뿐,
일체 분별하지 않는 거대한 자연,
어떠한 간섭도 거부하므로 우주는 위대하다
위대한 먼지의 거처!

"먼지를 모른다면 어떤 인간도 위대해질 수 없다"

꿈을 좇아가는 영원한 순례자,
꿈꾸지 않는 자는 먼지의 친구가 아니다
노곤한 길 위에서, 혹은 무시무시한 격랑의 바다에서
머나먼 별의 소식, 그리운 교신이 필요하다
어느 다른 별에서 누가 구원의 손을 흔드는지,
영혼의 주파수를 맞추고 밤하늘의 별을 바라보라
지금 여기서 하늘을 바라보는 일은
과거로부터 지금까지 시공간의 역사를 읽는 것,
프록시마 센타우리는 지구에서 가장 가까운 별,
빛의 속도로 4광년 이상 떨어져 있다
여기서 부르면 응답을 듣는데 8광년이 걸리지만
응답을 듣는 순간, 별은 이미 사라지고 없을 수도 있지
처음 교신을 보내던 그때, 그 모습이 아닐 지도 몰라
우리 은하계에 태양이 없을 때
우주의 흔한 모습은 그냥 어두운 밤이다
태양계에서 두 번째로 머나먼 별, 알파 센타우리까지

우리가 가닿는 데는 4.4광년이나 걸린다
별이 혐오하는 것은 저 홀로 빛나는 일이다
별은 다른 별과 시선을 마주해야 빛나고
마주 보고 두 눈을 비추어야 비로소 별이 된다
지구 가까이 있는 저 태양도 별이다
태양과 달, 여기 지구는 한 폭의 멋진 그림,
별의 점묘법으로 탄생한 천지창조,
점, 점이 무수히 찍힌 별들,
빈 허공의 추상화는 누가 그렸는가?
오늘도 우주의 광화사가 그림을 그린다

거대한 먼지의 붓으로,

은하계의 검은 입

먼지는 일 광년마다
겨우 아메바만한 똥을 싸지만
한 은하계를 다 채우고도 넘쳐흐른다
먼지는 고유한 질량을 가지고 에너지로 바꿀 수 있다
먼지가 딸꾹질할 때 내뱉는 반복적인 움직임은
견딜 수 없는 공기의 흐름이다
별은 한숨을 쉴 때마다 먼지를 내뱉는다
호흡에 섞여 나오는 외로운 소리,
그렇다고 발성이 완전한 것이 아니라
마지못해 내뱉는 우울한 독백에 뒤섞인 것이다
그러므로 말소리가 아니다
아직은 벙어리에 가깝다

별은 먼지의 집,
아! 둥근 허공의 집이여,
먼지의 집은 무상함으로, 견딜 수 없는 권태로
항상 그대로 있지 못하고 조금씩 주저앉는구나!
포충망 속에 갇힌 모기떼처럼 앵앵거리는 먼지의 별 떼들,

항성은 진화하지만 질량에 따라 별의 일생은 다르다
질량의 크기에 따라 별은 짧게는 수백만 년,
길게는 수천억 년을 넘게 산다
항성의 수명은 사람에 비하면 영원에 가깝기 때문에
사람이 항성을 보며 관찰하기란 아주 불가능하다
항성은 '항성 양성소'라 부르는
거대분자 구름 안에서 진화가 시작된다
별이 처음 탄생할 때 질량에 따라 진화과정이 다르다
우주의 구멍가게 안에는 별사탕이 가득하다
질량이 작은 알록달록한 별사탕들,
우주의 불꽃놀이는 찬란하고 무궁하다
폭죽이 터지는 밤마다 별 떼들이 환호하지만
그 황홀한 뒤편에는 별의 죽은 잔해가 자욱하다
별은 새로운 이름을 붙여주길 기다리지만
우주에는 이름 없는 별이 대부분이다
아직까지 다른 별들과 눈을 맞춘 적 없는
순결한 처녀의 모습으로
누가 처음으로 이름을 불러주기를,

간절히 기도하며 눈을 반짝거린다

'고양이 눈' 성운을 보라!
태양과 비슷한 질량의 성운,
죽음을 맞이한 뒤에 노려보는 아찔한 광채,
저 푸르스름한 눈동자에 갇히면 질식하고 말리라
또 압도적 위용을 자랑하는 '창조의 기둥'
작고 어둑한 원시별의 모습을 보라
허공에 우뚝 솟은 거대한 빛의 기둥!
지구로부터 약 7,000광년,
차가운 수소 분자와 먼지로 이루어진
독수리 성운의 성간 가스와 먼지의 덩어리,
별은 거대할수록 제 안에 폭발적인 울음을 참고 있다
한꺼번에 쏟아내는 빛의 울음!
너그러운 허공의 품 속,
우주는 소리 없이 모든 울음을 받아낸다

초저녁 하늘, 북두칠성이 가깝다

큰곰자리 꼬리 부분에 있는 일곱 별 북두칠성,
아이를 점지해달라고 '칠성신'에게 기도하는
사람의 탄생과 죽음을 주관하는 별이다
별과 사람은 똑같은 길을 걸어간다
사람이 태어나서 성장하고 죽는 것처럼
별도 탄생하고 소멸한다
빅뱅 이후 38만 년이 지났을 때 우주는 고요했다
시간이 흘러 작은 온도 차이가 발생하자
우주의 한 몸이 다른 몸보다 더 뜨거워졌다
중력의 힘이 세지고 물질들이 모이고
구름처럼 자욱하게 성운이 엉겼다
빅뱅 이후 3억 년이 지나고 나서,
성운 상태에서 고요하던 우주가
미세한 온도 차이로 별이 탄생하였다
우주의 온도가 올라가며 원자는 양성자와 전자로 분리되고,
천만 도나 더 올라가자 양성자끼리 충돌하여
에너지가 넘쳐 비로소 별은 빛을 뿜어내게 되었다
별이 탄생하기 전 우주는 차갑고 어두웠지만

별이 탄생하고 나서 점점 더 밝아졌다

우주에는 식충이별이 있다
질량이 큰 별이 철을 다 먹어치우면
초신성 폭발로 하늘에 폭죽을 터뜨린다
점점 별은 고개가 갸우뚱 젖혀진 채,
불안한 상태에서 아주 빠른 속도로 팽창하면서
상상할 수 없는 엄청난 중력으로 주변물질을 끌어들이고
빛까지 끌어들여 삼켜버린다
허기진 아귀를 닮은 블랙홀!
배는 산처럼 크지만 목구멍은 바늘처럼 좁아
늘 굶주린 고통을 당하는 죽음의 귀신,
아귀의 세계는 육도 윤회 중에 아귀도에 떨어질
처참한 죄인이 머무는 곳,
그 엄청난 크기는 염부제 아래 500 유순이고
길이와 폭이 무려 3만6천 유순이다
거대한 우주의 아가리!
강한 중력으로 빛조차 빠져나올 수 없어

검게 보이는 시공간의 천체, 무시무시한 검은 입이다

저 은하의 푸른 계곡!
우리 삶의 터전인 지구를 포함하여
별 떼들이 와글거리며 모인 곳,
여러 행성들을 슬하에 거느린 태양계는
은하에 노니는 운 좋은 풍류객이다
은하에는 비슷한 태양계가 수천 억 개나 있고
은하 밖에도 수많은 다른 은하들이 서로 손짓한다
안드로메다 은하!
우리은하에서 가장 가까운 외계은하,
우리 태양계를 향하여 점점 다가오는 거대한 나선은하,
만약 24억년 후 충돌한다면 새로운 밀코메다 은하가 되리라
은하가 수천 개 모이면 초은하단의 대가족을 이루고
은하는 균일하게 분포하지 않는다
누가 상상이나 할 수 있는가!
우리가 상대적인 눈으로 우주를 말할 때,
먼지와 별, 별과 태양계, 태양계와 은하, 은하와 우주

그 크기가 증폭될수록 어마어마한 차이가 난다
양극단에 있는 먼지와 우주,
극미의 세계와 극대의 세계,
이 둘은 순환 고리의 양끝에서 서로 상대를 이루어
무한 광대한 세계를 끊임없이 증폭하며 팽창하고 있다
오직 상상으로 견줄 수 있을 뿐,
지금도 은하계의 검은 입속에서 끊임없이
튀어나오는 먼지의 거대한 광경들,

보라!
허공의 딸꾹질!

사모곡

별에서 나시고 지금은 별이 되신
나의 어머니,
오늘 밤, 저 멀리 하늘 끝에서 순식간에
한 획을 그으며 유성이 사라지고 있습니다
장렬하게 떨어지는 별의 꼬리를 따라
제 남은 어리석음도 마저 타오르길 바랍니다
나의 어머니, 일러주신 마지막 한 말씀에 대하여,
경건하게 당신을 향하여 앉아 새깁니다

아들아,
이 세상에 내 자식으로 와주어서
참으로 고맙고 미안하구나
비록 지금은 이승과 저승에서 서로 떨어졌지만,
어찌 자애로운 정이야 끊길 리 있겠느냐?
얘야! 세상에 살다보면
궂은일도 많으나 다 지나가게 되느니라
모든 일을 참고 견디다보면, 결국 잠잠해지느니라!
그러니 살아있는 동안,

탐내고 성내거나 어리석게 행동하지 마라
세상은 네 마음대로 되지도 않지만,
그렇다고 너무 기죽지 마라
네가 세상을 받들고 이끌어야 하니라
세상과 기꺼이 나누며, 부디 하나가 되어라

어머니, 어느덧 유성은 사라지고
아무 일도 일어나지 않은 것처럼
남은 별들이 무표정합니다
세상을 살아가는 이치도 이와 같으리라 생각합니다,
누가 문득 태어나고 찰나에 사라지는 일도
저 별들과 다름없다고 여깁니다
어머니! 죽음은 허공의 끝자락에서
순식간에 사라지는 유성우를 닮았습니다
오직 홀로, 한 획을 그으며
망망하게 사라지는 우주의 침묵이 깊고 그윽합니다
모든 사라지는 존재가 아프고 어디로 가는지 모르는
짧은 생애가 비록 티끌 같은 삶이지만,

얼마나 소중한지 모르겠습니다
어머니, 오늘 밤 어머니가 계신 별,
명부에도 아무쪼록 평화가 가득하시길 빌며,
이만 총총, 줄입니다

별의 죽음!
그리고 먼지의 탄생!
별과 먼지는 죽음과 탄생을 맞교환하며
아득한 우주 공간을 유랑하는 길 위의 바람이다
사람은 별의 자손으로 탄생한 기적이다
초신성 폭발로 여러 원소가 생겨나고
오래전 태양이 폭발하고 나서
우리 몸속에는 우주에서 사라진 외계인의 살점이
조금씩 떨어져 녹아있을지 모른다
태양이 폭발하고 드디어 우리도 지구와 함께
산산조각 나서 우주 공간으로 흩어지게 되면,
먼 미래 우리의 살점도 또 다른 외계인의 피부 속으로
모조리 녹아들어갈지 알 수 없다

우주적 관점에서, 우리는 다같이 '별의 프랑켄슈타인',
한마디로 휴머노이드가 아니라 별의 괴물,
별은 끊임없이 태어나서 죽고 다른 별과 눈을 맞춘다
태양을 비롯한 모든 별은 질량에 따라 정해진 수명이 있다
까맣게 속이 탄 별들은 수명이 다하면
대부분 거대한 폭발과 함께 사라지고 만다
별들은 성대한 허공에서 우주의 장례식을 치르면서
일생 동안 스스로 핵융합 엔진을 불태우며
심장 깊은 곳에 차곡차곡 쌓아두었던
노폐물을 우주공간으로 내보내고 사라진다
또 다른 탄생으로 이어지는 별의 폭발!
티끌 같은, 우리 몸을 이루는 원소는
별의 중심에서 일어나는 핵융합의 산물,
별 하나, 하나는 우주를 오염시키지만
별 공장의 폐기물은 유익하다
별이 태어나는 순간, 이미 시공간은 별 공장이 내뱉는
추억들로 조금씩 때 묻기 시작하였지만
태양, 그리고 주위를 맴도는 행성들,

그 중에 지구라는 행성에 깃들어 사는 우리 몸속에는
폭발과 함께 사라진 많은 별의 추억과 기억이
지금까지 130억 년간 고스란히 녹아 있다
우리는 오래전 폭발한 초신성의 후손!
죽음과 함께 타고 남은 어떤 별의 잔해로 재활용되어
그다음 세대, 다시 새로운 별의 재료가 된다
아득한 옛날, 우주 한편을 차지했던 별의 살점들,
갈가리 찢어져 마구 섞이고 나서,
우리의 태양도 그렇게 태어났다
이처럼 무궁한 별의 시간이 지나고,
별의 고향에 어버이를 그리는 찬가가 울렸다
별의 땅에 흙의 자손이 노래하였다
어떤 사람이 왼 어깨에 아버지를 업고
오른 어깨에 어머니를 업고 수미산을 백번, 천번 돌아
가죽이 떨쳐 뼈가 드러나고 뼈가 닳아 골수가 흐를지라도
오히려 부모님 깊은 은혜는 갚을 길 없으리라
오늘 밤, 별의 사모곡이 애처롭다
수억 광년 동안, 텅 빈 충만을 드러낸

태중의 은혜를 무엇으로 갚으랴!

어버이의 슬하, 그 정기를 받아 몸을 이루었으니

길러주신 바다 같은 은혜,

이 먼지의 자식은 영원히 잊을 수 없네

억겁을 지나 다시 억겁을 더 사신다고 하더라도

별의 후손인 이 마음은 그래도 부족하온데

백년 생애에서 백년마저 다 채우지 못하고 가셨으니

어머니의 수명은 어찌하여 그리도 짧습니까?

티끌 자욱한 노상에서 걸식하며 살아가는

이 연약한 자식은 말할 것도 없거니와

먼지에 찌든 온갖 미물들이 어찌 애처롭지 않겠습니까?

하늘의 제단에 올라 노래를 바치고

밤이 되면 별들이 제각기 방으로 돌아가고

앞산 달에는 거뭇하게 그림자 어른거리는데

어머니의 영령은 대체 어디로 떠나셨습니까?

아! 애달프도다!

세상에 태어나 어느 날 홀로 죽는다 해도,

어버이의 은혜를 모르는 사람은
생애를 제대로 살았다고 할 수 없네
네가 탄생과 죽음 사이에서, 끈질긴 인과에 대하여
참된 깨달음의 절정에 이르지 못했다면
네 스스로 괴로움에 사로잡혀 세상에 등을 돌리리라
마치 장난감을 가지고 넋이 빠져 놀다가
진짜 보물을 잃어버린 것처럼,

보아라!
먼지가 먼지를 낳고,
세상은 더없이 무상하지만 그 은혜는 바다 같네
처음에는 작은 샘물에서 비롯하여
실개천을 이루고 비로소 강물을 이루니
강은 호젓한 외진 곳에서 혼자 길을 나섰구나!
하류로 흘러갈수록 여러 줄기 물길도 받아들이고,
다른 강줄기를 아무런 차별 없이 너그러이 용납하여
점점 세력을 키워, 마침내 바다에 이르듯,
우리의 의식 또한 무한하게 뻗어나간다

우주 또한 점점 팽창하여 무궁하므로

위대한 어머니는 모든 아들을 품에 안는다

은하의 신호등!

외계인에게 보내는 지구의 편지,

남녀의 모습과 DNA 이중나선, 태양계 구성도, 10진법,

아레시보 메시지를 송출한 지 50주년,

방금 새로운 정보를 다시 미지의 별에게 보냈다

우주의 어머니가 낳은 지구 아이의 호기심,

외계 생명체 탐색은 우주에서 형제를 찾는 일,

광대한 우주의 바닷가,

파도에 쓸리며 모래성을 쌓고

조가비를 가지고 노는 우리는 어린애일 뿐,

감히 어떤 언어로 우주를 감당할 수 있으랴!

우주를 어찌 지상의 언어로 표현할 수 있으랴!

우리의 상상력은 얼마나 빈곤한가?

말은 늘 부족하고 사유는 끝 가는데 모르고 달린다

우주먼지에 관한 명상은 홀로 내면으로 여행하는

한 은둔주의자의 진실한 고백이다

우주의 작은 우물에 갇힌
별 먼지의 좁은 시선이지만,
밖으로 튀어나가는 별에게 바치는 먼지의 독백이다
땅에서 먼지는 굶주린 들쥐 떼처럼 불어나서
고통의 바다에서 해파리처럼 허우적대다가 죽는다
땅과 바다를 오가며 한없이 윤회하다가
어느 날, 제가 추구해야할 그 무엇도 없다는 걸,
스스로 공하다는 걸, 깨닫는 날

비로소 우주의 중심에 앉은 고요,
먼지의 적멸보궁 안에 모신 사리처럼,
어떠한 이름 따위나 모양이 없다
세상에 모든 건 네 인식의 부스러기가 아닌가?
네 생각이 머물고, 네 생각이 움직이는 모든 곳에서,
이미 갖추어진 완전한 아이의 순수성을 회복하였으므로
진정한 자유는 오직 오염된 '나'를 버릴 뿐,

바보가 되어 두려움 없이 가라!
지금, 여기, 홀로 가라!

우주열차

우주로 승객을 옮기는 타임머신은 불가능할까?
지표면에서 3만 600km, 정지궤도에 쏘아올린 우주정거장,
우주 엘리베이터 승강장을 짓는다면
별을 향한 갈망으로 이제 어디든지 가서 머물 수 있지
우주는 이제 허공에 매단 거대한 통로,
보이지 않는 궤도를 따라 빛의 속도로 달리는
우주열차를 탈 수 있다면
달과 화성, 수성, 목성, 금성, 토성에도 가고
어린왕자와 외계인 E.T.를 만날 수 있겠지
심지어 태양계에서 쫓겨난 명왕성에도 갈 수 있어
우리는 이제 다행성 우주 종족이야!
지금 우주여행의 시계가 다시 움직이기 시작했어
우주기업 스페이스X가 국제우주정거장에서 도킹하고
유인 우주선을 보내 달과 화성 정착을 꿈꾸고 있어
상상의 토대가 만든 우주 열차는 용감하지
두려움이 없기 때문에 기적을 도둑맞을 염려가 없어
우주 열차에 연착이라곤 없지
정시에 출발해서 정시에 도착할 뿐,

날씨나 대기에 제약을 받지만 마냥 느긋하지
열차를 운행하는 차장은 순간이동의 조종간을 잡은
'시간'이라는 이상한 투명체,
상상의 눈에도 보일 듯 말 듯,
명주실 같은 가느다란 궤도를 따라가며
중력을 거스르는 우주의 수학문제를 풀어야 해
우주에서 수학은 권태로운 지독한 동어반복,
이 역에서 저 역까지 별의 궤도를 따르는
우주 바퀴의 고요는 섬뜩하게 아름답군!
추진로켓의 꽁무니는 또 어떤가?
화염의 불꽃놀이가 굉장하지
어느 별의 쓸쓸한 간이역 근처,
우주의 작은 다락방에 늙은 시인이 산다
주독이 오른 콧등에 돋보기를 걸치고
우주가 불러주는 알 수 없는 자동기술법으로
혼자 흥얼거리며 종일 시를 쓰지
빛나는 새소리, 시끄러운 곰팡내, 보랏빛 종소리,
영롱한 한 마디를 위해 꼴딱 밤을 새우기도 하지

우주 자체가 거대한 시집이라 누구도 쉽게 읽지 못하지만,

게다가 하루, 하루도 새로울 게 없지만,

마지막 남은 하루는 비명을 지를 것이다

제 귀를 자른 빈센트 반 고흐는 너무 가난하였다

살아서 팔린 그림은 단 한 점, '붉은 포도밭'뿐,

돈이 없어 물감을 먹었다

예술가의 절규는 악마의 꽃이다

무정란을 품고 있는 불임의 암탉인가?

향기 없는 꽃처럼, 이 땅에 온 저주의 작품들,

나의 시집 또한 먼지의 탄식이다

시는 빵이 되지 못하고 8할이 눈물이다

남은 2할은 자조와 부끄러움으로 남았다

적어도 나의 시는 이번 생에서 완전히 망했다

영혼을 갉아대는 송곳니가 가려운 시간의 생쥐처럼

어둠을 틈타 노리는 저것은 무엇인가?

겨우 작품을 완성하지만 아무도 거들떠보지 않았다

예술가는 우주열차의 무임승차권을 찢어버린 불우한 사람들,

뭉크의 귓속으로 뛰어들어 아찔한 생애를 찢어놓았다

노을의 불길이 타오르는 피오르드를 걸으며
뭉크는 고백하였지
"나는 자연을 뚫고 나오는 절규를 느꼈다
실제로 그 절규를 듣고 있는 것 같았다
나는 진짜 피 같은 구름이 있는 이 그림을 그렸다
색채들이 비명을 질러댔다"
세계는 불길한 질주에 절규한다
우리 삶의 색채는 과연 무슨 빛깔일까?
아주 간단하게 축약하면 0과 1의 알고리즘일 뿐,
이원론에 매몰된 차별과 분별의식!
그 취약한 이중구조를 틈타서
우주는 모순덩어리가 되어 제 자리를 찾느라 소란하다
회색지대로 가닿기 위하여 얼마나 싸움을 벌였던가!
어설픈 '평화'라는 구호 앞에 살육의 전쟁은 얼마나 잔인한가?
사람의 길은 무엇인가?
우리는 지금 어디로 가고 있는지,
먼지의 족속이 되어 삶은 더욱 알 수 없는 것,
우리가 두 발 뻗고 사는 이 행성을 똑바로 보라!

실수를 반복하다 보면 진리에 가까이 다가갈 수 있지
하지만 진리에 도달하는 데는 자주 피를 부르고 말지
최후에 싸워서 남는 것은 무엇인가?

우주에 노니는 별들의 놀이,
먼지는 잠시도 혼자 있길 꺼리지만
어떤 조건이나 제약 없이 자유롭게 놀지
흉내 내는 일에 열중하는 먼지의 족속들
드디어 호모 루덴스란 이름을 얻어
살아있는 동안 놀이에 정신을 팔다가
심지어 죽는 순간까지도 놀이를 계속하지
엄숙한 장례식도 놀이이자 축제,
노잣돈을 입에 물린 사자는 저승에 가지만
이승의 남은 이삿짐을 가지고 가는 건 보지 못했다
빈손으로 왔다가 빈손으로 갈 뿐,
처음 발가벗고 왔다가 겨우 수의 한 벌 걸치고
홀로 가는 저승길을 보라
별이나 사람이나 먼지조차도

죽음의 놀이를 통하여 새로 탄생하지
생멸이 없는 놀이 공간,
바로 우리의 머리 위에 펼쳐진 우주가 그곳이야!
우주는 거대한 놀이터!
코스모스 루덴스!
먼지로 떠돌며 끝없이 유행하고, 윤회하고,
환생을 거듭하는 너무나도 치욕스러운 되풀이,
권태의 지옥을 벗어나지 못해 작은 행성의 이 콧구멍에서
저 콧구멍으로 들락날락하다가,
한 호흡 사이에 끝나는 아찔한 하루살이의 놀이터!
동어반복을 하는 수학문제 풀이처럼 어찌 보면
우주는 놀이에 미쳤다
복잡한 수식, 미분 적분을 이용하여 풀어낸
궁극의 단순한 몇 개의 방정식!
황홀하고 아름답지만 미치광이처럼 막무가내로
허공을 달리다가 결국은 상상으로 결론짓고 마는,
우주의 방정식!
우주열차는 참 한심하지

1등칸과 2등칸은 텅 비고 3등칸은 극성스런
먼지 떼가 비좁은 자리를 차지한 채 마구 구겨져 있군
와글와글 들끓는 먼지 떼들!
너희들은 같은 기차를 잡아탔기 때문에
같은 속도로 언젠가는 목적지에 도착하리라
먼지의 형제들은 행성의 오두막에서 나와
별과 구름 사이에 정처 없이 떠도는 집시들,
승차권도 없이 도둑기차를 타고
길 위에서 태어나 길 위에서 죽으므로
결코 죽음을 두려워하지도 않지
몸을 가지고 있되 딱히 제 몸에 내세울 게 없으므로
간혹 배꼽에 피어싱을 하거나 별과 장미 문신을 하거나
기껏해야 싸구려 팔찌나 목걸이를 하는 정도야
절름발이 별보다 좀 늦게 도착하겠지만,
뒤로 물러나지는 않는다는 점은 확실하지
걱정하지 마!
먼지의 형제들이여! 결코 뒷걸음질 치는 게 아니야
단지 조금 늦을 뿐, 아무 것도 나쁘지 않아

좀 늦게 도착한다고 이 영원한 우주에서 무엇이 문제인가?
아침에 도착하나, 오후나 저녁에 도착하나,
달라지는 건 아무것도 없어
설령 깜깜한 밤에 도착한들 어떠랴!
우주의 시간은 영원하다
시간의 늪은 깊어 바닥이 없지만
문제는 너희들이 앞으로 나아가고 있다는 사실이니까,
비록 너희들이 절름발이라 할지라도,
반드시 목적지에 도달하고 말거야
근심과 걱정은 쓸데없는 것, 앞날에 대하여 두려워하지 마!
무엇보다 더욱 가난하라!
열차에 오르지 못한 먼지 떼들을 생각해봐
너희들은 그나마 이 생애에 3등칸이라도
얻어 타고 가는 행운을 누리지 않느냐?
그건 얼마나 기적인가!
이 광활한 우주에서 사람의 몸을 받아 태어나서
부옇게 흐린 눈동자를 닦으며 이 글을 읽지 않느냐?
매일 태양이 떠오르고 밤마다 달이 뜨는 것도 기적이다

이 작은 행성에서 보면, 오직 너를 위하여 뜨고 지지
우주는 참으로 너그러워!
그러므로 마음이 가난해야 네 자신도
태양과 달의 리듬에 맞추어 살아갈 수 있지 않겠어?
참으로 긴 시간, 천만 겁 중에 네가 경이롭다
네가 먼지로 와서 우주를 껴안고 있는 사실만으로
너는 기적이므로, 네가 곧 우주야!

먼지는 우주의 깃대종,
먼지로 이루어진 우주 생물 중에 사람은 핵심종이다
그러나 네 운명을 결정짓는데
목숨을 걸고 러시안 룰렛 게임을 하거나
고작 동전을 던지거나 확률을 따지는 짓이 전부다
게다가 우주의 우세종인 별 먼지는
우주의 근원을 밝히는 영원한 DNA,
세상 어느 곳이나 널려있어 그만큼 흔하다
그래서 자주 선을 넘는 족속이다
가소로운 정의 따위에 목숨을 걸기도 하는

정신병자이거나 천재이거나, 그저 달을 보고 짖는 개와 같다
우주에 유랑하며 떠도는 집시의 족속들!
허공에 노숙하며 빌빌거리는 무일푼이기에
늘 느린 속도로 움직이길 좋아하며
다른 녀석의 허점을 틈타 별의 지갑을 노린다
가끔은 약에 취한 듯 눈자위가 풀어져 둥둥 떠다닌다
어느 날, 운 좋게도 대기의 걸음걸이가 변하거나
조금이라도 방향이 틀어지는 행운을 만나면,
잠재된 성깔이 튀어나와 걷잡을 수 없는 가속도로
악다구니를 쓰거나 무단이탈한 비행청소년처럼
제멋대로 가출하거나 궤도를 벗어난다
다른 별 모자를 쓴 녀석과 충돌이라도 하면
떼 지어 별들의 무덤에서 먼지가 꾸역꾸역 튀어나와
한꺼번에 와글와글 달려드는 좀비 같다
마치 죽은 시신에서 구더기들이
꼼지락거리며 끊임없이 기어나오듯,
또 한번, 우주의 아주 작은 한 점에서 정화가 이루어진다
전혀 의도하지 않은 우연일 뿐,

정화는 부패와 다른 듯 같은 말이다,
별이 죽을 때 부패라고 말하는 건 예의에 벗어나지
적어도 별 먼지의 세계에서 말할 때는
더 겸손해야하므로 경이롭다고 말해야할 것 같아
오히려 먼지의 세대교체라 하는 게 나을지 모르겠어
아무 이상할 것 없는 별의 원료들,
심지어 지금 '나'라는,
마음밖에 아무것도 없는,
'나'라는 것이 없이 내가 머무는 이곳,
또한 먼지가 주재하는 거대한 땅덩이 위에서,
확률은 나의 편이라고 큰소리로 외치지만
먼지의 두뇌는 완전하게 열리지 않았고
아직까지 아무도 모른다
여태까지 미지의 영역으로 남겨진 채,
우주에 감춰진 어마어마한 암호를 아무도 해독한 적 없다
특히 그 핵심종인 사람은 더욱 신비로운 존재,
이상한 종족 사피엔스는 생각하는 존재이므로
그 뿌리 근처까지, 가까이 가는 데는 몇 광년이나 걸릴지,

그냥 빈 칸으로 남겨두었다
지금까지 우주의 문을 끝까지 통과한 사람은 아무도 없다
히파르코스와 갈릴레오가 다녀간 뒤에도 묵묵부답,
에드윈 허블, 칼 세이건과 스티븐 호킹 같은 명석한 두뇌들,
우주론 첫 페이지 서너 줄을 기껏 소개했지만
여전히 한 권을 독파하려면 몇 광년을 더 기다려야할지,
거대한 검은 문의 실체와 더불어 그 존재는
여전히 우주의 근본문제로 남아있다
누가 알량한 인간의 도덕, 윤리, 철학의 문제에
"말할 수 없는 것에 대해서는 침묵하라"고 했지만,

거대한 우주는
더욱 모를 뿐!

우주의 복서

우주는 거대한 링!
인생이야말로 빅 이벤트,
먼지 떼가 웅성거리는 화려한 스카이 돔,
사방에서 빛을 뿜어내는 조명과 환호,
원형의 링 안에 피 튀기는 한판이 벌어진다
며칠 전 공개 스파링을 끝내고
오늘은 두 유망주가 벌이는 결전의 날,
링 아나운서가 두 선수를 소개하고 나면
링에는 아드레날린이 폭발한다
청 코너는 인파이터, 어퍼컷과 잽을 뿌리며 파고드는데
홍 코너는 아웃파이터, 스트레이트로 치고 빠진다
두 선수가 링에 오르자마자,
새도우 복싱으로 분위기를 띄운다
경쾌한 풋 워크로 잽을 툭툭 날리며,
두 손으로 가볍게 커버링을 하고 고개를 숙인 채
이리저리 상체를 흔들며 펀치를 피한다
공격은 최고의 수비, 펀치는 오직 펀치로 상대를 견제한다
1회전 당 1억 광년, 무제한 경기로 한쪽이 쓰러질 때까지

세컨 아웃을 외치는 순간까지 별의 경기는 계속된다

대형 광고판에 LED 자막이 흐른다
The Show Must Go On!
라운드를 알리는 피켓걸이 링을 한 바퀴 돌아나가고,
공이 울리면 총알 같은 속도로 튀어나간다
처음에는 탐색전 삼아 잽을 날려 거리를 재며
하이가드를 하고 상대의 턱과 관자놀이를 노린다
클린치는 내키지 않아 상체를 뒤로 빼서
풀백으로 피하며 서로 가볍게 몇 대 주고 받는다
점점 경기의 열기는 더해가고
끝이 언제인지 느낌조차 없는 처절한 링 안에
두 별은 지칠 줄 모르고 상대를 향하여 달려든다
우주의 복서에게 미덕이 있는데 카운트 펀치다
주먹을 뻗어 성공하는 콤비네이션은 잘 쓰지 않지
거리를 자주 재며 한 방 없이 시야를 가리기 때문이다
관중석에는 수많은 별 떼들이 야유와 응원을 보내고
특히 야간에 벌어지는 빅 이벤트는

천정에 매달린 휘황찬란한 조명 때문에 현기증이 난다
오늘 밤 경기에도 스타는 오직 한 명이다
관중의 함성과 별 떼들의 환호성,
우주의 챔피언은 고독하다
텅 빈 링 위에 처음 올라서면
'오늘'이라는 아주 짧은 시간 속에 홀로 남겨진다
상대 코너에 버티고 선 선수에게 어쩌면
맞아 죽을지도 모르는 공포가 엄습하지만
어쨌든 둘 중에 하나는 쓰러져야 경기를 끝낼 수 있다

원형의 링은 어느 한쪽의 무덤이다
끝날 것 같지 않은 싸움,
무한히 계속될 것 같던 시간은 금방 지나가고
경기는 결정적 한방에 끝나버린다
먼지여, 네게도 인생이란 게 있지
인생은 한방이지, 암 그렇고말고, 인생이란 난타전이야!
네가 얼마나 센 펀치를 상대에게 날리는 게 아니라
상대에게 끝없이 맞아가면서도 조금씩 전진하는 거야!

피 흘리며 하나씩 얻는 거야!

계속 상대에게 파고들어, 넌 파이터야!

쓰러질 때까지, 이를 악다물고 버텨야 돼!

그게 진정한 승리야!

몇 대 맞지 않으려고 상대를 피하거나 시간을 주지 마!

비겁하게 뒷걸음질치거나 주눅 들지 마!

문제는 네가 얼마나 세게 치느냐가 아니야!

무엇보다도 네가 얼마나 세게 맞으면서도,

인생에서 한 발짝 더 나아갈 수 있는가 하는 것뿐이야!

그냥 삶의 중심으로 파고들어!

한 방을 크게 노려봐, 한 방에 끝내버려!

그로기 상태가 되어도 정신 똑바로 차려!

상대도 너와 똑같아! 계속 뛰어!

비록 한방 맞고 나가떨어질지라도 포기하지 마!

가드를 올리고 위빙을 해!

코너에 몰리거나 뒤로 절대로 물러서지 마!

나비처럼 날아, 벌처럼 쏴! 네가 주인공이야!

네 자신의 무능력이 아니라, 강한 힘을 두려워해야지!

가장 힘든 승부는 네 자신을 이기는 거야!

힘내! 외로운 링 위에서 오직 너 말고 누가 힘을 내겠어?

게임은 네가 이끌고 가는 거야!

이제 넌 챔피언이 될 수 있어, 챔피언 벨트는 네 거야!

하지만 그게 없어서 네 삶의 가치가 채워지지 않는다면

있어도 결코 채워지지 않을 거야!

여긴 네 삶과 죽음이 동시에 있지, 가장 본능에 충실한 거야!

링에는 이제껏 너를 노예로 만든,

세상의 쓰레기 같은 잡것이 전혀 없어서 좋아!

체면도 예의도, 심지어 굴욕과 아부와 비겁함도 없지

오직 주먹 하나로, 네 앞에 선 세상을 두들겨 패는 거야!

링 안에는 늘 영광과 치욕이 함께 있지

누가 살아서, 저 링 밖으로 걸어서 나갈 수 있을지,

아무도 경기가 끝날 때까지는 알 수 없지!

오직 투지야! 살아남아! 마지막 공이 울릴 때까지 버텨야 해!

악착같이, 두 눈 똑바로 뜨고 한방을 노려!

눈이 찢어지고, 얼굴이 뭉개지고,

상대의 펀치가 번개처럼 눈앞에 번쩍일 때마다

붉은 피가 사방에 튀길지라도 그만 둘 수 없기에
후들거리는 두 다리로 중심을 잡고
거리를 재며 다시 가드를 올리고, 원, 투, 원, 투!
시간차 공격으로, 치명적인 펀치로
상대의 복부를 겨누거나 턱을 겨누어야지!
인생은 한 방이야! 네 모든 걸 던져!
링은 투지를 위하여 모든 걸 불태우는 곳,
널 묻는 무덤이 아니라 네가 살아있다는,
너의 현존을 확인하는 곳이야!

우주의 링은 살벌하다
먼지가 떼 지어 환호하는 불멸의 관중석,
수많은 소행성을 관중으로
두 별은 허공을 차지하기 위하여
오늘 이 순간에도 하늘의 불화살로 펀치를 날린다
핵 펀치를 날리는 챔피언이 되기 위하여,
마우스피스를 꽉 물고 헤드기어와 글러브를 하고
얼마나 많이 스파링을 했던가?

땀복을 입고 가까스로 계체량을 통과하기 위하여
얼마나 많은 땀을 흘렸던가?
이 링에 서기까지 얼마나 자주 눈물을 흘렸던가?
이제 곧 경기의 결과가 나오면
둘 중 한쪽은 적막한 망각의 강을 건너가고,
살아남은 다른 한쪽은 찬란한 전설이 되어
우주의 랭킹에 새로 이름이 오를 것이다
그러나 마지막 말은 언제나 똑같다

"네 싸움은 아직 끝나지 않았어!"

참회록

한 사람에게 주어진 평생의 시간,
서서히 줄어들거나 혹 사라지게 마련이지만
우주의 시간은 애초부터 무한하게 팽창하고 냉혹하다
시간은 무한한데 나는 얼마나 유한한가?
광대무변한 우주는 여전히 미지의 영역이다
우주가 얼마나 무궁한가를 가르치는 건 거대한 고독뿐,
지금까지 인류가 밝혀낸 진실은 바라나시의 강가에 널린
모래알 가운데 겨우 하나를 알아낸 것처럼 아득하다
여전히 알 수 없고 오직 모를 뿐,
'우주먼지에 관한 명상'은
극미의 먼지에서 극대의 우주를 향하여
나 홀로 진지하게 묻고 대답한 영혼의 노래이다
나는 먼지 한 점,
지구는 은하계의 한 점, 나아가 우주의 한 점,
점은 모든 존재의 중심이다
아! 우주에 존재하는 점, 점, 점이여!
점은 우주를 향하여 확산하고, 우주는 점을 향하여 수렴한다
점은 면적이 없는 비유비무의 것, 일체 한 부분이라고는

존재하지 않는 무한한 근원의 시발점,

한 점, 먼지는 지금 참회의 기도를 드린다
우주의 법정에서 나에게 물었다
네 죄가 무엇인지 아는가?
"나는 죄가 없습니다"
"아니다, 너는 유죄다"
"제가 지은 죄가 무엇입니까?"
"네가 지은 가장 큰 죄는 인생을 낭비한 죄다
남은 생애 동안 너는 빛이 차단된 방에 갇히리라"
작별의 시간, 태엽이 풀린 시계처럼 일체가 정지한 채
문 없는 벽에 갇힌 우주가 갑갑한 나를 에워쌌다
잠시 자유롭지 못한 몸은 뻣뻣해지고
의식은 아편에 취한 듯 몽롱하게 구름 위를 거닌다
서서히 미소 지으며 다가오는 저것이 무엇이냐?
죽음의 사제가 검은 수단을 치렁하게 걸치고
투명한 향로에 향을 피우며 어둑한 회랑을 건너오고 있다
그림자가 지지 않는 참회의 성소에서

다시 고향으로 돌아가기 위하여
불멸의 세례식을 나는 기다리고 있다
인생은·알 수 없고 죽음은 인생의 친절한 벗,
모든 생명 앞에 죽음의 유령이 버티고 서 있다
나를 기다리고 있던 저 유령이 시간이라니!
죽음은 생애 최고의 경험이다
마지막으로 충만한 여백으로 옮겨가기 위하여
나는 생애의 절벽에 홀로 섰다

최후의 숨이 끊기고 허공의 품에 든다
나는 방금 여기서 죽고, 막 바르도를 넘어간다
사후 최초의 30초간, 뇌파가 끊어지기 전,
나는 갈기를 휘날리며 달리는 백마를 타고 있다
기억의 주마등을 타고 지난 세월이 휙휙 빠르게 지나간다
귓가에 윙윙거리는 세속의 울음과 한탄,
바람소리를 고요히 들으며 어두운 통로를 지나
빛 한 줄기를 따라 중간계의 길을 나선다
이때 브루흐의 '콜 니드라이' 첼로 선율이 흐르면 좋으리라

죽음의 길이 삶의 새로운 길이기에 두렵지 않다
길은 영원히 이어질 것이고 나는 자유롭다
살아서 백골관을 수행하여 무상함을 알았다
오온으로 화합된 몸에 집착을 없애고,
죽어서 나의 해골을 만나는 것은 다행스러운 축복이다
나는 방금 죽고, 숨길이 식어 창백하다
해골의 정수리가 닫히고 나자 오관은 닫히고
우주가 꺼지자마자, 나는 우주에서 꺼졌다
사후 경직이 일어나자 체온이 식어가고
얼굴은 데스마스크를 쓴 것처럼 잔뜩 굳어버렸다
핏줄이 점점 시퍼렇게 변하여
배 안의 내장이 부풀어 썩기 시작하자,
부글거리며 부패하는 소리를 따라 구더기가 생기고
해골의 눈두덩이 뭉개져 녹아 쑥 빠져 흘러나오고
피부는 말라 뼈에 들러붙어 썩어간다
아홉 구멍에서 썩은 물과 피고름이 흘러나오고
이윽고 검푸른 살점들이 모두 녹아 흙에 스며들고
허연 백골만 드러나자 인대와 골수도 삭아빠지고

뼈마디마저 흐트러져 허물거리다가,
검정파리, 딱정벌레, 들쥐, 개미와 말벌,
지렁이와 굼벵이와 지네가 먹고 배설하고
오랜 시간이 흐르자 흙, 물, 불, 바람의 사대로 흩어졌다
오온과 사대가 모두 내 것이 아닌데
딱히 나라고 할 것도 없는 이것은 이제 모두 흩어져
일체 부분이라곤 존재하지 않는 한 점이 되었다
'먼지'가 다시 '먼지'가 되었다
이때 처음의 '먼지'는 주어이지만 애초에 없는 주인이고
나중의 '먼지'는 객체이지만 이 또한 없는 허공이다
이제부터 죽음의 적나라한 현재성을 직시하며
나의 죽음을 객관화하고 잠시 머문 이승을 하직하며
비로소 티끌로 돌아가는 순례를 시작한다

초대받지 않고 불쑥 왔다가
허락도 받지 않고 이렇게 떠나는데
거기에 무슨 슬픔이 있겠는가?
한 점 먼지가 되어 우주로 회귀하는 길이 그윽하다

다시 고향으로 돌아가는 길이 따뜻하다
먼지로 돌아가는 주검은 분리수거하지 않는다
이건 하늘이 베푼, 마지막 자비이자 연민이니까
죽음의 길에 들르는 황천은 축복이며
다시 연옥불로 단련되어 재생할지도 모른다
아니면 지독한 윤회의 덫에 걸려
꼼짝없이 떠돌지도 모르지만,
나는 여전히 천진한 어린이가 되고 싶다
먼지의 아이가 되어 봄날 싱그러운 풀밭에서
염소나 소의 발에 밟히는 아지랑이가 되고 싶다
소똥에 섞여서 말똥구리의 친구가 되어
둥근 세상을 굴리고 싶다
혹은 가을날 풀잎 끝에 맺힌 이슬이 되고 싶고,
혹은 억겁을 달려온 달의 인력으로
대양이 끝나는 벼랑에 쉴 새 없이 밀려드는,
거대한 파도에 부서지는 하얀 포말이 되고 싶다

먼지에게는 허물이 많다

살아서 지은 죄목이 너무 많으므로
참회의 시간은 길어 용서를 구할 곳은 도대체 어디일까?
오직 먼지에게 돌아가 무릎 꿇고 빌 뿐,
먼지에서 시작된 잘못은 결국 먼지에서 끝난다
모든 기도의 출발은 땅 위에서 시작되어
하늘에서 거룩하게 화해와 용서로 녹아버린다
모세의 십계나 오역죄, 계율과 모든 경계는
사람의 생각과 말과 행동에 걸린 것들,
일단 걸리면 마음에 그 종자가 깊이 각인되어
바르도를 넘어갈 때 새로 싹을 틔운다
저 감당할 수없는 아뢰야식에 저장된
살아서 지은 허물의 종자는 어쩌란 말이냐!
나는 수없이 걸렸다, 살아있는 동안,
그 많은 경계의 그물망에 이리저리 걸려
옴짝달싹할 수 없이 무참하게,
나를 옭매었다고 고백한다

먼저 나에게 명령한다

살기 위해서 어쩔 수 없었다고 변명하지 마라!
알고 지은 죄목과 모르고 지은 죄목, 고의든 실수든,
미필적 고의든, 그 어느 것도 변명거리가 되지 않는다
그러므로 깨끗하게 승복하고 형장으로 가야하리라
먼저 나는 사람을 사랑하지 않았다
게다가 나를 저주하고 사랑하지 못하였다
늘 버림받은 인생이라고,
스스로 비난하고 비탄하며 세월을 헛되이 보냈다
나는 나의 적이었고 수만 번 나를 죽였다
나는 벌써부터 이 세상에 없는 자였다
나를 위하여 살았지만 한순간도 나를 사랑하지 못하여
세상에 홀로 남겨진 우주의 부랑자 같았다
한 점 먼지의 비좁은 생각과 마음으로 날 괴롭혔다
괴로움으로 밤을 지새우며 그 번민을 넘지 못하고
자주 비틀거리며 쓰러졌다
나는 언제나 아웃사이더였으며 매우 독선적이고
때로 젊어서는 위악의 가면을 쓰고 놀았다
나는 탐욕과 성냄과 어리석음으로 나를 밝히지 못하여

유정, 무정의 모든 존재들에 대하여
냉담하게 깔보고 심지어 잔인하게 대하였다
살아서 남의 살을 취하고
살아서 남의 말을 이간질하고
살아서 남의 물건을 훔쳤으며
살아서 남의 여자를 탐하였으며
살아서 알량한 지식으로 남을 무시했으며
살아서 남의 어려움을 외면하고 나눌 줄 모르고
살아서 미신과 우상을 숭배하고
살아서 거짓 스승 노릇이나 하고
살아서 부모와 조상께 불효하고
살아서 맺은 모든 인연들에게 미안하다
우주에 존재하는 모든 미물들을 외면하였으며
인드라망에 존재하는 형제와 벗을 버렸기에
참으로 나는 티끌만도 못한 삶을 위하여
먼지의 성스러운 길을 따르지 않고
먼지의 길을 벗어났기에 깊이 참회하나이다
살아서 참회하므로 죽어서 다시는 윤회하지 않도록

오늘 지금, 여기서 참회하나이다
먼지의 염왕이시여!
부디 먼지의 불쌍한 자손에게,
연민의 정을 베푸시어 관대하게 용서하소서
진심으로 먼지의 길을 따르며 홀로 돌아가는 길,
거듭, 거듭, 참회하고 참회하나이다

키리에, 엘레이손!
주여, 저를 불쌍히 여기소서!

발문

호젓한 사유의 숲길을 걷는다
이 행성을 너무나 사랑한 시인이
뼛속까지 내려가 홀로 쓴 심연의 고백이여!
'우주먼지에 관한 명상'은 나를 찾아가는 여정이다
숨 쉬며 눈빛을 맞추어 별을 사랑하듯이
이 땅에 모든 살아있는 것을 사랑해야겠다
별이 남긴 눈물의 잔해, '스타 더스트',
아름다운 이 땅, 지구에서 살아가는 남은 며칠 동안
몇 그루 나무를 심고, 그 아래 그늘에 앉아
머나먼 별에게 편지라도 써야겠다
그리고 무엇보다 편지의 첫머리는 이렇게 시작해야겠지
'사랑하는 나의 스텔라에게'
외로운 푸른 별,
마을에 가로등 하나, 둘, 켜지고
어둑한 산등성이에 밥 짓는 저녁연기 자욱할 때
들판에서 놀던 아이들은 집으로 돌아가고,
등이 굽은 노파는 질펀한 농담을 지껄이며
처마 끝에 등불을 매다는 초저녁,

하늘에 별의 스위치가 올라가자
온 우주를 밝히는 오메가 포인트!
최고의 의식으로 우주를 뚫고 지나간다
나를 관통하여 흐르는 지극한 고요,
아찔한 영혼의 불꽃이 정수리에 타오르고
서서히 압축되는 한 줄기 영적인 빛을 통과하여
고독한 행성에 둥지를 틀고 알을 낳는다
알을 깨며 나오는 고통!
우주의 비명은 산고의 고통만큼이나 아름답다
오늘, 지금, 여기에서 첫울음을 우는 갓난아기처럼
더욱 천진무구한 한 점이 되고 싶다
어떠한 두려움도 없이 자유로이 날개를 퍼득이며,
거대한 우주의 새가 되어 나는 날아오른다
어떠한 부분도 차지한 적 없는 점,
나는 없으므로 그냥 우주의 알을 깨고 나온 뒤
빈 껍질만 남아있을 뿐,
우주는 나를 깨우는 거대한 침묵,
마음과 힘을 다해 우주의 모든 존재를 사랑하고

이웃을 나의 몸과 같이 돌보며
마지막 날, 나를 사용하신 우주에게 영광만 남겨지길,
부디, 기도하는 삶으로 이끄는 여정이 되게 하소서!
한순간 불꽃처럼 타오르는 영혼이 정전되면,
우주의 다락방에서 이 명상록을 끝내고
나는 최후의 안식을 얻으리라!

이상원李商元

경남 산청에서 나서 시인, 번역가로 활동하며 지금 지리산 초명암에 안거중이다. 남명문학상 신인상을 수상하여 등단하고, 서사시『서포에서 길을 찾다』로 제2회 김만중문학상 대상을 수상했다. 시집으로『풀이 가는 길』, 『여백의 문풍지』, 『만적』, 『소금사막의 노래』, 『벌거벗은 개의 경전』, 『마음의 뗏목 한 잎』, 『울음의 무게』, 『침묵의 꽃』, 『초명암집』이 있으며, 역·저서로『하원시초』, 『노비문학산고』, 『기생문학산고1,2』, 『불타다 남은 시』, 『무의자 혜심 선시집』, 『스라렝딩 거문고소리』, 『미물의 발견』, 『동창이 밝았느냐』, 『정중무상행적송』, 『꽃밥』, 『내 탓이오』 등이 있고『우리말 불교성전』을 펴냈다.

우주먼지에 관한 명상
MEDITATION ON STARDUST

초판 1쇄 인쇄일	2023년 01월 3일
초판 1쇄 발행일	2023년 01월 10일

지은이	이상원
펴낸이	한선희
편집/디자인	우정민 김보선
마케팅	정찬용 정구형
영업관리	한선희
책임편집	김보선
인쇄처	으뜸사
펴낸곳	새미

등록일 2005 03 15 제25100−2005−000008호
경기도 고양시 일산동구 중앙로 1261번길 79 하이베라스 405호
Tel 442−4623 Fax 6499−3082
www.kookhak.co.kr
kookhak2001@hanmail.net

ISBN	979-11-6797-098-5 *03800
가격	17,000원